Tout te dire

Camille Lellouche

Tout te dire

Stock

Avec la collaboration de Sandrine Clarac.

Ouvrage publié avec le concours d'Elise Goldfarb
et Julia Layani.

Graphisme couverture : © Julia Bourdet
Photographie couverture : © Astrid di Crollalanza

ISBN 978-2-234-09611-0

Sommaire

Devenir mère

Te voilà. Vingt-quatre heures de travail. Il fallait bien cela pour t'accueillir. Tu respires, allongée sur mon ventre, et je te découvre.

Alma. Ma vie entière.

C'est amusant, tu es bronzée.

Je me tourne vers ton père.

— Elle est bronzée, tu ne trouves pas, B. ?

— Non, elle est violette !

L'inquiétude m'envahit. Pourquoi est-ce que tu ne pleures pas ? Tous les bébés pleurent à la naissance, non ? Des mains t'attrapent et t'emmènent loin de moi. Je ne comprends rien. Je me sens abattue. L'angoisse me gagne peu à peu. Que se passe-t-il ? Que vont-ils te faire ?

Je suis épuisée, j'ai du mal à comprendre, et devant moi défilent ces longs mois d'attente.

Les semaines précédant l'accouchement, je vivais des montagnes russes : peurs et impatiences. Je peux facilement rapprocher cette sensation du trac qui me saisit avant d'entrer sur scène, un mélange d'excitation et d'appréhension qui grossissait comme mon ventre, semaine après semaine. J'en suis certaine, je me préparais à jouer le spectacle le plus important de ma vie.

Tout d'abord, chercher le personnage principal.

J'avais voulu connaître le sexe de mon bébé. À trois mois de grossesse, l'obstétricien nous avait prédit, à quatre-vingts pour cent de chance, une fille pour le 11 octobre. L'un et l'autre, nous nous étions rêvés parents d'un garçon. Dans le monde dans lequel nous vivons, nous nous disions qu'il est plus facile de naître garçon. On tombe moins souvent sur des pervers, on peut s'habiller comme on veut, on se promène plus en sécurité et à n'importe quelle heure, dans la rue, tout seul.

Avec joie, je me suis inclinée au choix du hasard. Une fille, donc. Tandis que mon compagnon caressait encore l'espoir (sans doute perdu) d'avoir un fils, j'achetais déjà des vêtements de fille en cachette. Pas rose cliché, mais très féminins quand même. Mon compagnon a été angoissé par l'idée de devoir élever une fille tout le long de la grossesse. Je le rassurais, je le réconfortais. « Nous sommes croyants tous les deux, nous devons accepter ce que l'on reçoit. Tout va bien se passer. Tant que tu lui donneras de l'amour et que tu communiqueras avec elle, vous tisserez une relation. Tu lui apporteras autre chose que moi, quelque chose que toi seul pourras lui prodiguer. » À la naissance d'Alma, j'ai vu le bonheur immense effacer dans le cœur de son père le premier désir d'un fils. Toutes ses craintes se sont envolées. Rien ne pourrait désormais rivaliser avec notre fille.

Ensuite, choisir la date.

Comme je n'avais pas travaillé pendant deux ans à cause de la crise du Covid et de la grossesse, il m'était impératif de gagner ma vie. Avoir un enfant entraîne des dépenses supplémentaires et des obligations. Gérer un budget sur le long terme, prévoir, économiser. J'avais aussi besoin de retrouver mon public, de me rassurer : « Est-ce que les gens m'aiment toujours ? M'ont-ils oubliée ? » Je me suis imposé à moi-même de reprendre la promotion de mon album sur les plateaux de télévision dix jours après le terme annoncé. Plus nous nous en approchions et plus je regrettais la précocité de ces engagements. Je me mis à rêver de gagner un ou deux jours de plus auprès d'elle. Dans un monde idéal, nous aurions passé sa première année tous les trois à découvrir l'univers, à voyager, à profiter… Après tout, je me sentais prête, comme la valise pour la maternité préparée depuis plus d'un mois. J'avais demandé à l'obstétricien s'il était possible de provoquer l'accouchement deux jours avant le terme. Accordé.

La veille de mon déclenchement, des douleurs dans le ventre m'assaillent la nuit. Différentes de toutes les précédentes. M'asseoir sur notre canapé, que j'ai pourtant choisi assez ferme, et surtout me lever m'est devenu compliqué. Chaque pas que je fais dans mon petit couloir engendre une souffrance. Je crois que j'ai des contractions. Mon compagnon me rappelle que cela fait un mois que je pense avoir des contractions. Oui, il a raison, mais là, ce n'est pas comme d'habitude. Je n'ai pas de repères car, confiante, je n'avais pas éprouvé le besoin de suivre les cours de préparation à l'accouchement. À ma mère qui s'en était étonnée, j'avais répondu avec sérénité : « Les femmes accouchent par terre, sur de la pierre, parfois seules, depuis des millénaires. Naturellement, les femmes savent accoucher. Aucune formation n'est obligatoire pour ça. Ces cours sont plus là pour rassurer les futures mamans. Je vais bien savoir le faire. »

Je me couche dans le lit pour me calmer, mais la douleur persiste et même s'amplifie.

J'appelle la maternité.

« Prenez un Spasfon, allongez-vous, essayez de dormir et si cela ne passe pas, on vous attend ! »

La nature a repris le dessus, le travail a devancé le déclenchement prévu. Le feu vert est donné. Nous partons. Nous appelons un taxi, le chauffeur, déjà père de trois enfants, me rassure.

À la clinique, l'infirmière de garde nous oriente vers la salle de préparation. Une sage-femme m'ausculte. Nous sommes loin de la délivrance. Je suis encore sereine, je ne sais pas ce qui m'attend. Je m'installe sur un lit médical, B. dans un fauteuil près de moi. Le travail des contractions commence doucement puis soudain s'arrête pendant plusieurs heures. Nous voilà bien, ma fille n'est pas arrivée qu'elle montre déjà sa force de caractère. La sage-femme propose de me renvoyer chez moi. Je refuse. Tout est organisé. J'ai déjà avec moi les affaires du bébé, bien rangées dans la valise. Je ne m'imagine pas refaire le trajet inverse, je crains d'avoir de nouvelles contractions violentes sur le retour. Et puis, je suis paniquée à l'idée de croiser des paparazzis. Non, je veux rester.

L'équipe consent à déclencher médicalement l'accouchement, comme nous en étions convenus la veille. Après l'injection des hormones stimulantes, je suis rapidement envahie par des douleurs intenses, sans aucune période de transition.

Une infirmière m'aide à marcher quelques pas dans le couloir, mais je peine, je souffle, la souffrance se fait trop vive dans mon bassin. Ni le ballon sur lequel je bouge en cercle ni aucune des couleurs pastel qui recouvrent les murs ne parviennent à me soulager.

On me propose un bain dans la salle « Nature ». L'ambiance est particulière. Il y est possible de choisir son éclairage. Je m'arrête sur la position bleue, que je trouve apaisante. Mon compagnon s'amuse à changer les couleurs des LED pour jouer et créer une atmosphère de boîte de nuit. Je lui demande de cesser. Je ne suis pas d'humeur festive ! Je monte deux marches, difficilement, pour entrer avec précaution dans une baignoire profonde, l'eau étant utilisée pour détendre et faciliter les contractions. Mon compagnon fait couler l'eau sur mon dos, dans l'espoir de calmer mes souffrances. Je comprends alors que le choix de déclencher l'accouchement n'était pas le plus doux. La nature aurait apporté un peu de progressivité. Je vis un enfer. Les infirmières passent une tête afin de vérifier que je ne me suis pas évanouie. Quand, à leur question récurrente, « Tout va bien, madame Lellouche ? », je réponds systématiquement par un signe de tête, une grimace signifiant « non », elles me remontent le moral : « Tenez encore deux heures, madame, juste deux heures ! »

Deux heures ? Facile à dire. Je n'en peux déjà plus. Seul le mental compte à ce moment-là. Le mien est en acier, il me fait résister. Tout comme la présence de B., mon compagnon qui ne me lâche pas. Heureusement. Les sages-femmes ont beau être rassurantes, compréhensives et attentives, elles ne peuvent pas être à la disposition permanente des patientes. L'accompagnant prend le relais. Le mien a montré une force et une gentillesse incroyables.

Mon col ne se dilate pas assez. Pour me soulager, la sage-femme me suggère la mise en place d'une péridurale.

Nous déménageons vers la salle de naissance. Je suis un brin déçue, ce n'est pas un endroit chaleureux, juste simple et efficace, qui ressemble à une salle d'opération. Tout est blanc et froid.

Dans un coin, un minuscule matelas bleu, posé sur une sorte de table à langer-appareil médical, attend le nouveau-né. Cette idée me fait un peu oublier le décor. Les prises d'oxygène sont derrière moi, la lampe de chirurgien est encore repliée au plafond. Les étriers à l'extrémité du lit guettent sagement le point d'acmé de l'accouchement pour être déployés. L'anesthésiste me fait asseoir sur le bord du lit, le dos rond, la tête dans le torse réconfortant de la sage-femme qui m'immobilise avec assurance. B. me tient les mains. Je dois souffler pour détendre les vertèbres et faciliter le passage de l'aiguille de la péridurale. Cela pourrait ressembler à un exercice de respiration d'avant concert si je ne souffrais pas tant. J'étais terrifiée tout au long de la grossesse par ce geste : une peur panique de la douleur, de la taille de l'aiguille, de rester paralysée. La tendresse et l'empathie de la sage-femme m'ont permis de traverser le plus sereinement possible ce moment. Je n'ai rien senti à part une légère pression dans le dos. Après cette opération, je suis branchée de toutes parts : un monitoring pour surveiller les contractions et le cœur du bébé, ainsi qu'une espèce de bouton à actionner moi-même à chaque nouvelle contraction pour libérer une dose supplémentaire d'anesthésiant. L'effet arrive trente minutes plus tard, la douleur se dissipe et je m'endors une ou deux heures. Malheureusement, l'ouverture ne s'est toujours pas faite à mon réveil. Les douleurs redoublent, insoutenables. D'une main, je presse le bouton qui libère l'anesthésiant, de l'autre je m'accroche à celle de mon compagnon. Il prononce avec calme des paroles rassurantes : « Courage, tout va bien se passer, respire. » Je ne sens plus mes jambes qui tombent à plusieurs reprises de la table, et que B. doit porter rapidement pour ne pas que je chute.

Ton père pense que je le fais exprès, mais je te garantis que des jambes endormies, c'est très lourd !

Les sages-femmes ne cachent pas leur impatience :

« Alors, vous en êtes où ? Toutes les mamans de cette nuit ont déjà accouché ! Il ne manque plus que vous. »

Oui, bah, c'est facile pour elles, c'est leur troisième enfant. On n'est pas au marché ! Pour être honnête, je crois que mon corps désirait repousser l'entrée en scène de ma fille et toutes les missions de maman qui m'étaient inconnues. Moi qui ai tant besoin de tout contrôler, il allait vite falloir m'adapter pour être opérationnelle tout de suite.

Un peu plus tard, la sage-femme m'ausculte. Le col n'est pas assez ouvert. Je dois attendre. Encore. Je suis au supplice. Quelque chose cloche. Mon compagnon rappelle l'anesthésiste qui vérifie le branchement dans mon dos. « Ah, mais je comprends pourquoi vous avez mal. C'est la première fois que ça m'arrive, la péridurale n'a pas tenu. »

La péridurale avait été imparfaitement posée. Depuis tout ce temps j'actionnais une pompe dans le vide et tellement de fois que la moitié droite de mon visage s'est paralysée quelques heures, la paupière à demi fermée en une sorte de clin d'œil, et que ma température a grimpé à 38,5 °C. Je sens tout ce qui se passe dans mon corps, sans aucun effet anesthésiant.

Un an après, je suis en colère. Le médecin aurait dû anticiper. Il n'a pas le droit à l'erreur. Pourquoi n'a-t-il pas vérifié la pose de l'aiguille dès les premières douleurs inattendues ? Son attitude n'a pas été professionnelle, mais laxiste. J'ai une pensée pour toutes les femmes qui, innocemment, vont lui confier leur dos.

Nouvelle pose de péridurale.

Elle ne marche toujours pas. Je sens tout. En particulier sa tête bloquée dans le col. Il reste sept heures avant la délivrance, mais ça, je ne le sais pas encore. La douleur est indéfinissable.

Énième visite de la sage-femme.

« C'est bien, mais votre bébé n'est pas assez engagé. La tête est encore dans le col, il faut attendre qu'elle descende dans le bassin. Sinon, elle ne sortira jamais. »

Je n'en peux plus, je n'y arriverai jamais. Où aller chercher cette force ?

Je laisse échapper un : « Non, je ne peux pas. » J'ai si peur, je suis à bout de forces.

Mon compagnon a un déclic. Il a compris que je me suis bloquée dans une espèce de bulle de protection et que l'appréhension risque de m'empêcher de pousser. Il sait comment réveiller la battante qui est en moi.

— Oh là là, c'est bon, ça fait presque vingt-quatre heures qu'on y est, ne fais pas ta fainéante !

— Pardon ? Moi, fainéante ? Appelle l'obstétricien, on y va.

La sage-femme et l'obstétricien sont sceptiques. Ils évoquent les forceps et même une césarienne si je n'y arrive pas. Pour moi, ma fille a beau se trouver encore dans le col, c'est le moment.

Il n'y aura ni forceps ni césarienne. Même pas en rêve. Finalement, le médecin accepte. « Si elle le sent, faut y aller. »

Préparation de la scène. Les techniciens de ce théâtre sont extrêmement efficaces : tout est en place en un éclair.

Six ou sept poussées et vingt-cinq minutes plus tard, elle arrive. Naissance d'un enfant, mais aussi d'une nouvelle personne, je suis une maman désormais.

Alma est couchée sur mon ventre, ma peau sent chaque millimètre de la sienne. Elle est sublime, si calme. De l'intérieur de moi, elle est passée à l'extérieur, mais elle est toujours *avec* moi. Je voudrais tant que le temps soit suspendu quelques minutes encore, ou la vie entière.

Je découvre qu'après la naissance, l'accouchement n'est pas fini. Il faut aller chercher les bouts de placenta dans mon ventre et, comme la douleur est insupportable, me réanesthésier.

Alma est placée en service néonatal. Pendant l'accouchement, elle a ingéré le méconium et doit rester vingt-quatre heures sous surveillance pour vérifier qu'il n'est pas passé dans les poumons. Je ne réagis pas. Je suis dans un état d'épuisement total. La délivrance du placenta a entraîné une lourde hémorragie, qui me vaudra une transfusion d'un litre de sang dès le lendemain.

Personne ne nous prévient des difficultés d'un accouchement.

En toute innocence, j'ai tellement désiré cet événement dans ma vie. Presque deux ans auparavant, alors que j'approchais des trente-cinq ans, je rêvais de maternité, de nouer un lien infini avec une personne. De l'amour inconditionnel. Je n'arrivais pas à imaginer une existence sans. Au fond de moi, j'éprouvais une urgence. Je n'étais jamais tombée enceinte car, comme la plupart des femmes, je prenais une pilule contraceptive depuis mes dix-sept ans.

Et surtout je n'avais pas de compagnon. Compliqué pour concevoir un bébé !

Mon corps s'était mis à me souffler un air bizarre, comme si je n'avais plus le temps d'attendre. Ce n'était pas l'air classique de l'horloge biologique que la société chante aux femmes. C'était autre chose, comme un pressentiment. Je pris rendez-vous chez un professeur de gynécologie réputé, expert en fertilité. Quand je lui fis part de mes inquiétudes, il se moqua de moi, tenta de me raisonner. « Vous êtes en bonne santé, mes patientes souffrent souvent de lourdes pathologies, comme des cancers des ovaires à vingt ans. Pourquoi êtes-vous si certaine que quelque chose ne tourne pas rond ? » Quelle maladresse de sa part ! J'ai insisté... et passé différents tests. Quelques jours plus tard, au moment même où je signais mon premier album avec le label Belem, chez Wagram Music, le spécialiste me téléphona pour m'annoncer brutalement que ma production d'ovocytes était fragile. « Vous aviez raison. Si vous voulez tomber enceinte, n'essayez pas naturellement. Vous devriez aller en congeler quelques-uns en Espagne, dès que vous le pouvez. Ils font ça très bien. » Je me suis réfugiée dans les toilettes où j'ai pleuré toutes les larmes de mon corps. J'ai essuyé mon visage, j'ai pris une grande respiration, puis j'ai retrouvé l'équipe du label et mes amis musiciens, Yaacov et Meïr Salah, pour tenter de profiter comme je le pouvais de cette signature. Au rendez-vous suivant dans son bureau, le médecin tenta de me rassurer en me comparant à celles qui souffrent de maladie incurable ou de stérilité définitive. Vainement. Rien et surtout aucune échelle du pire ne pouvait me réconforter. Il admit que j'avais eu raison et se montra surpris par la véracité de mon pressentiment.

En février 2021, j'ai fait prélever mes ovocytes à Valence en Espagne, à la clinique IVI, choisie sur les conseils du spécialiste. La préparation des semaines précédentes avait été lourde : des piqûres quotidiennes, à heures fixes, des médicaments pour favoriser la stimulation hormonale, des prises de sang régulières pour observer l'évolution des hormones. Quel enfer ! Les hormones donnant des bouffées de chaleur, j'étais excitée, lunatique, sur les nerfs. J'avais loué un appartement à Marseille avec mes amies J. et D. Un jour, le top est donné, les instructions communiquées : quarante-huit heures plus tard, il me faut louer une voiture avec mes amies pour rouler de Marseille à Valence. Nous arrivons à la clinique IVI. Le bâtiment en impose par ses lignes épurées légèrement futuristes. À l'intérieur, tout est calme, propre, ordonné, comme aseptisé. Un patio aux plantes verdoyantes – sans doute une représentation de la fertilité – offre un puits de lumière au centre du hall.

La prise en charge est fluide et francophone. Très rapidement s'enchaînent anesthésie générale et prélèvement de vingt-deux ovocytes. Tout est réglé en vingt minutes. La morphine que l'on m'administre par la suite me laisse béate et sans filtre. Je réclame un verre de Jack Daniel's au médecin. « Allez, docteur, on peut bien boire un petit coup pour fêter la réussite de l'opération ! » Finalement, je me remets sur pied en deux heures, sans avoir rien senti. Nous passons la nuit dans un hôtel qui n'a rien de charmant. Le lendemain, je suis même capable de prendre un peu le volant pour rentrer à Marseille. Sur les vingt-deux ovocytes, seuls six ont été déclarés viables. Ils seront gardés pendant cinq ans dans cette clinique de la fertilité. Qu'ils y restent tranquilles, je n'ai pas eu besoin de les utiliser pour que ma fille arrive.

Quelques mois plus tard, je me rends à Marseille. J'y vais très régulièrement. C'est ma ville de cœur depuis que j'y ai écrit et joué pour la première fois les sketchs de mon premier spectacle, *Camille en vrai*, ce que je vous raconterai un peu plus loin. Une amie souhaite me présenter R., le garçon qu'elle fréquente depuis peu. Je propose de nous retrouver dans un bar. R. est censé venir avec son frère. Je n'attends pas grand-chose des hommes à ce moment-là, et je n'ai pas envie de me risquer à une relation sentimentale. Pourtant, je me suis préparée avec soin. Toute jolie, j'ai vu arriver celui que j'appellerai bientôt B. Beau et grand, il respire la sagesse.

Moi la bavarde, j'apprécie ses silences, il ne parle pas pour ne rien dire. Je sors fumer une cigarette, il m'accompagne et nous papotons un peu. Je propose de prolonger l'apéritif chez moi, qui dure jusqu'à 4 ou 5 heures du matin. Les amis sont tous partis, sauf lui. Il me fait oublier que je suis connue, simplement parce que ma notoriété n'a aucun effet sur lui. Tant mieux. Nous discutons longtemps, très longtemps... de nos familles, de nos fêlures, de tout ce qui nous rapproche. Nous rions de tout et de rien. Comme de l'odeur qui règne dans une voiture de taxi. Il introduit dans la conversation avec le chauffeur des références à cette odeur sans qu'il ne s'en aperçoive. Moi, je me tords dans un fou rire sur la banquette arrière. Nous ne nous sommes plus jamais lâchés.

Très vite, je lui annonce que je ne peux pas avoir d'enfant, mais que si, par le plus grand des hasards, je tombais enceinte, je le garderais. « Même si tu pars, je le garderai. »

Le voilà averti.

En février, nous passons une semaine à Dubaï à vérifier la réputation des restaurants. Je ne pense qu'à manger, tant et si bien que je n'arrive plus à fermer ma veste ni mes jeans. B. s'interroge.

— Tu manges plus que moi et tout le temps. Tu es enceinte, c'est sûr !

— Ce n'est pas très gentil de dire ça avec autant d'aplomb, B., alors que le médecin m'a dit que je ne pouvais pas avoir d'enfant naturellement.

Nous rentrons à Paris. B. repart le lendemain à Marseille en ayant allumé un léger soupçon.

Ne me demande pas pourquoi je mets la main sur un test de grossesse dans le tiroir de la commode. Je n'en ai jamais fait de ma vie. Ce n'est même pas une marque connue de test et je ne sais pas s'il va être fiable. Qu'importe ! Je me lance.

Me voilà installée sur la cuvette des toilettes. Concentrée à bien viser la languette. Surtout ne pas la louper ! Prête à attendre les trois minutes réglementaires. Au bout de quinze secondes, je regarde la fenêtre du test. Deux barres.

Positif !

J'ai envie de rire et de pleurer à la fois. L'angoisse de ne jamais pouvoir tomber enceinte, l'envie pressante, la clinique de la fertilité à Valence, le fameux professeur qui m'avait annoncé que je ne pourrais jamais avoir d'enfant naturellement, je revois tout. J'ai chaud, j'ai froid. J'ai besoin de hurler. De pleurer de joie.

Je vais être mère.

Je téléphone à B. « Je dois te dire quelque chose. » Il me répond avec clairvoyance : « Ben tu es enceinte. » En revanche, à son retour, je comprends qu'il lui faut un tout petit peu plus de temps qu'à moi pour prendre la mesure de ce qui nous arrive. Je m'explique parfaitement ce décalage, les pères ne vivent pas la grossesse de l'intérieur. Dès que la batterie d'examens et de rendez-vous médicaux est lancée, nous nous retrouvons ensemble, embarqués avec bonheur dans l'aventure. Quand j'appelle le gynécologue de la fertilité pour lui annoncer ma grossesse, il me demande si l'insémination artificielle s'est bien déroulée. Je lui rétorque que je n'en ai pas eu besoin, que je suis tombée enceinte naturellement. Je ne l'ai plus revu. Fin de l'histoire.

Pendant la grossesse, je respecte la règle classique des trois périodes. Au premier trimestre, je dors en permanence, des nausées violentes me clouent au lit, je ne peux rien avaler la journée sauf du jus de pamplemousse pour lequel je me découvre une véritable passion et que je bois à grosses gorgées. La nuit, des fringales me conduisent invariablement vers des paquets de gâteaux... et vers mes huit premiers kilos.

Puis s'ouvre la phase merveilleuse du quatrième au sixième mois au cours de laquelle je me transforme en boule d'énergie, d'optimisme et de joie de vivre. Les huit morceaux enregistrés à cette période pour la réédition de mon album *A* sont plus doux, plus sereins que les premiers. J'attends mon bébé dans la plus grande effervescence. Tout doit être prêt pour son arrivée. Avec l'aide d'une architecte d'intérieur, je convertis mon petit bureau en une chambre d'enfant. Chaque coin et recoin est pensé avec soin pour accueillir un lit, une table à langer et des rangements. J'imagine ma fille comme une princesse dans un cocon. Je choisis minutieusement les couleurs, les tissus. Du rose poudré, de jolis cadres où reposent des fleurs séchées, des paniers en osier, un baldaquin en lin rose pâle au-dessus du lit, des peluches assorties, une petite boîte à musique et tout ce qu'il faut pour accueillir notre fille. Rien ne sera trop parfait pour elle.

Enfin, le dernier tiers de la grossesse, le confort de la baleine, le règne du Bibendum ! Les dix-sept kilos supplémentaires me rendent si lourde qu'au Marrakech du rire, où Jamel Debbouze m'a invitée, je me traîne de la même manière qu'une tortue accablée par la chaleur pour jouer les sept minutes de mon passage. Bouger sur scène est une torture. Je n'arrive pas à sautiller comme je l'avais prévu. Je lutte, je concentre toutes mes forces. Visiblement avec succès car le public ne perçoit rien. Nous logeons dans un hôtel très confortable avec une petite piscine privée réservée à notre chambre, dans laquelle je barbote pendant des heures. On se sent tellement légère dans l'eau ! En revanche, en sortir est une autre histoire... je me mue en un hippopotame à l'équilibre précaire.

Être enceinte pousse à la créativité. Comme la plupart des futures mamans, j'avais regardé avec dépit les vidéos des influenceuses parler de leur grossesse. Je ne me suis pas du tout reconnue dans ces femmes aux courbes parfaites, épanouies et sereines, un sourire en permanence accroché à leurs superbes lèvres. J'ai eu envie de rire de ce décalage avec toutes les femmes « normales ». Il m'est venu une multitude d'idées de parodies que nous filmons avec B. : le culte de la confiance en soi, la détermination sportive pour garder la forme, la descente langoureuse dans les eaux de la piscine, le body painting « so artsy » sur mon gros ventre...

L'imagination aussi doit être fertile pour trouver le bon prénom. Dès que le pronostic d'avoir une fille s'est transformé en certitude, nous avons choisi de l'appeler Noah. Quelque temps après, la chanteuse Vitaa poste une photo de son nouveau-né, une fille… Noa ! Il nous faut changer et nous n'avons rien de prévu en second choix. Dans le train du retour de Marseille où nous avons passé quelques jours, nous cherchons de nouvelles idées. Notre voisine, touchée, nous conseille d'aller fouiner dans tous les registres, jusqu'aux prénoms indiens. Nous avons exploré d'autres pistes et notre choix s'est arrêté sur Alma ou Elha. Impossible de se décider. Nous avons fait voter nos deux familles. Alma l'a emporté d'une ou deux voix ! Elha est son deuxième prénom.

Alma, ça signifie bienfaisante en latin, savante en arabe et jeune fille en hébreu. Moi qui ne chéris pas les prénoms trop fortement marqués par une culture, je suis séduite par ses origines à la fois arabes et italiennes. Si tu étais née garçon, j'aurais aimé te prénommer Ali. Je trouve ça sublime. Certes, c'est un prénom très typé, mais si beau… et je ne suis pas à une contradiction près !

Ce 9 octobre 2022, Alma se porte très bien, comme tous les enfants en bonne santé. Il faudra attendre les vingt-quatre heures de surveillance pour savourer pleinement le bonheur d'être avec elle, mais je suis confiante. Dans mon cœur, c'est une explosion d'amour. Nous devons encore séjourner quelques jours à la maternité, sans aucune visite à cause des restrictions liées au Covid. Cela m'arrange, j'ai besoin de profiter d'elle. De ne l'avoir que pour moi. Nos familles auront de nombreuses occasions de la voir plus tard. D'ailleurs, dès notre retour à la maison, nos proches se précipitent pour faire la connaissance d'Alma. Ce n'est pas tout à fait exact de dire « se précipiter »... J'impose des règles très strictes tant je suis angoissée par les maladies et le Covid en particulier : j'exige qu'ils se lavent les mains et qu'ils portent des masques. À la moindre toux, ils sont renvoyés chez eux. Ma mère, ma tante et mon frère, puis la famille de mon compagnon passent toutes ces épreuves et peuvent verser des larmes de bonheur en découvrant Alma...

J'essaie de l'allaiter, mais mes montées de lait sont hasardeuses, les quantités de lait très faibles et mes tétons pas adaptés. Il n'y a plus rien de naturel dans ce processus. J'installe des tétons en plastique que la petite doit réussir à téter pour récupérer une microgoutte de lait. Mission impossible. Je teste l'usage d'un tire-lait électrique. Rien. Ça en est devenu comique. Nous passons de l'allaitement aux biberons. Au moins, son papa aussi peut partager ces moments avec Alma.

La reprise du travail, dix jours après sa naissance, s'est faite relativement en douceur. Alma est facile et nous nous répartissons les biberons nocturnes avec son père. Cela dure six semaines jusqu'à ses nuits complètes. En revanche, sur les plateaux télé, quelques aménagements techniques me sont nécessaires pendant un long mois, comme porter des couches anti-hémorragie. Lors d'un enregistrement pour *Les Enfants de la télé*, je sens que ça déborde, que l'accident est proche, et je demande à sortir. On tente de m'en empêcher, mais je sais me montrer très insistante. Le pire est évité.

Mes vidéos laissent les gens imaginer que tout est doux avec Alma. Ils n'ont pas idée de la difficulté de sa naissance ou même de ses débuts dans la vie.

À trois mois, Alma se met à dormir plus que d'habitude – quinze à seize heures d'affilée – et à boire de moins en moins de lait. Je me demande ce qui se passe pendant deux jours. Un matin, je la trouve étrangement faible. Mon compagnon la prend dans ses bras. Je me rends compte qu'elle est toute molle et qu'elle a du mal à respirer. Ses côtes se creusent avec sa respiration. Je soupçonne la bronchiolite dont tout le monde parle. J'appelle les pompiers immédiatement. Ils arrivent rapidement chez nous. Comme elle n'est pas en détresse respiratoire, ils refusent de la conduire à l'hôpital, mais je vois bien que ça ne va pas. Les pompiers sont en communication visuelle avec l'hôpital, ils observent mon bébé et sa respiration afin de mesurer le degré de gravité. J'insiste. Les urgentistes de l'hôpital Robert-Debré acceptent de l'accueillir. Je monte dans le camion avec Alma dans les bras, un minuscule masque à oxygène lui couvre la moitié du visage. Sur place, après quelques heures dans le service des urgences, elle est placée dans une chambre parent-enfant où elle sera soignée pendant cinq jours. Malgré les messages rassurants des médecins, mon instinct de mère me dit que ça ne va pas. Folle d'inquiétude, j'annule mon engagement de faire partie du jury de *Miss France* pour ne pas quitter Alma. Nous passons, son père et moi, toutes nos journées auprès d'elle. La nuit, une seule personne est autorisée à dormir dans sa chambre et il n'est pas possible de négocier avec moi, je reste donc pour veiller ma fille sans discontinuer. Nous vivons un enfer : voir l'amour de sa vie, si petite, immobilisée au milieu du vacarme des appareils médicaux, avec une sonde dans le nez, recevant des soins assez violents, plusieurs fois par jour. J'en oublie de me laver, comme si mon existence dépendait de sa vie. Je marche du fauteuil à son lit et de son lit au fauteuil. Une fois, je descends à la cafétéria avec mon amie Justine, où j'avale en quatrième vitesse un sandwich. Être loin de mon bébé n'est pas concevable. Jour après jour, pourtant, son état s'améliore. Cerise sur le gâteau, je rencontre dans cet hôpital une puéricultrice exceptionnelle, A. qui, depuis, garde Alma quand nous travaillons. Elles ont un lien très fort toutes les deux.

Plus tard, alors que nous sommes rentrés à la maison, je sens une rechute arriver. Dès les premiers signes, je lui confectionne avec des langes un dispositif de couchage incliné qu'on appelle proclive afin de redresser sa tête par rapport à son corps, comme on m'a appris à l'hôpital. Je la mouche avec un mouche-bébé électrique, en plus des seringues de sérum physiologique que je lui injecte dans chaque narine quatre à cinq fois par jour. Ses hurlements me déchirent le ventre, mais je m'accroche à la conviction que c'est nécessaire. Je la veille vingt-quatre heures sur vingt-quatre jusqu'à sa guérison. J'ai réussi.

Mon compagnon me montre sa fierté :

« Tu as assuré. J'étais terrifié de la voir comme ça. Je l'aime tellement. »

Aujourd'hui c'est un lointain souvenir et je suis plus détendue. Au bout de onze mois, j'arrive enfin à la laisser une petite nuit sans moi. Malgré tout, je ne suis pas prête à lâcher prise. Elle est trop petite, ma boulette d'amour, je vais sans doute attendre son premier anniversaire... ou le deuxième... ou le troisième... encore un petit peu, je l'aime plus que mon cœur.

C'est ma vie entière.

Tu sais, Alma, si je suis tombée enceinte, c'est parce que Dieu avait entendu mes prières. Et puis aussi parce que je m'étais affranchie d'un poids. La parole m'avait délivrée. Pour de vrai.

Je vais te le raconter maintenant.

Connaître l'enfer

Automne 2021. Un souvenir pèse sur mes épaules, une expérience violente vécue entre mes dix-neuf et vingt et un ans. Pendant longtemps, j'ai voulu écrire sur ce traumatisme. Je l'ai fait, dans le studio où nous composions les titres de mon album à venir. Mon ami, le musicien Yaacov Salah, a proposé des accords qui m'ont tout de suite inspirée. C'était sur eux que j'allais pouvoir déposer mes maux, raconter enfin l'indicible. J'ai commencé à chanter, le calme a envahi le studio et les larmes ont coulé sur mon visage, puis sur les visages de ceux qui m'entouraient. La même émotion a été filmée dans le clip où l'on me voit me faire surprendre par les sanglots. Quand le titre est sorti le 8 mars 2021, j'ai eu besoin de mettre à distance le contenu pour ne pas fondre en pleurs chaque fois que j'en faisais la promotion. J'ai prétendu que cette chanson était pour des proches qui avaient vécu des situations de violence. Cela n'a pas suffi à me soulager du fardeau. Non, il me faut avouer que ce titre parle de ma propre histoire. Je l'évoquerai publiquement une seule fois, parce que je n'ai pas envie que le dégoût remonte quotidiennement à la surface. Je veux témoigner et dire que cela peut arriver à n'importe qui, même à celles qu'on ne soupçonnerait pas. Partager mon expérience de la plongée dans l'obscurité jusqu'à la lumière pour accompagner celles qui ne l'ont pas encore trouvée.

« Si Camille Lellouche s'en est sortie, pourquoi pas nous ? » Mes proches me soutiennent. Tous pensent qu'il est nécessaire de parler, car garder au fond de soi de telles aigreurs offre souvent une terre fertile à la maladie.

Je confie donc à mon attaché de presse la délicate mission de dénicher le média parfait. Il me propose une émission, *Sept à huit* de la chaîne TF1, dans laquelle je pourrai m'exprimer longuement, sans être interrompue, seule avec la journaliste Audrey Crespo-Mara. Nous échangeons par téléphone : « Audrey, je vous fais confiance. Je vais vous donner une partie de ma vie. Sachez que je ne suis pas là pour faire le buzz, je suis là pour me sauver et, peut-être, sauver d'autres femmes. Ne me décevez pas, sinon je vous retrouverai ! » Je termine ma tirade par un rire faussement léger. Elle me rassure en m'exposant sa conception personnelle d'un journalisme bienveillant et respectueux, avec une équipe généreuse et au nombre d'intervenants réduit. Ma décision est prise, je suis partante pour m'exprimer dans son émission.

Je suis un peu directe, mais l'enjeu est de taille. Le principe de *Sept à huit* est que l'interviewé n'a pas de droit de regard sur le produit final. C'est-à-dire que je ne choisirai pas à l'avance les questions qui me seront posées. C'est la pratique la plus courante dans les émissions de bonne qualité. Je vais leur abandonner mon intimité profonde. Je me dois de leur accorder ma confiance.

Avant l'interview, je passe mes nuits en enfer. Cette plongée dans mes souvenirs en fait remonter de nouveaux à ma conscience. Je retrouve l'état d'angoisse dans lequel je baignais à cette époque-là, elle vrille mes entrailles. Je pleure des heures durant.

Nous tournons dans un hôtel. Je pénètre sur le plateau avec appréhension. Parler, ce n'est pas chanter. Je vais me mettre à nu, livrer mon intimité en pâture à un très large public. Heureusement, l'équipe, réduite à un preneur de son et un cadreur, m'accueille chaleureusement. Il règne une ambiance détendue, donc favorable au lâcher-prise. J'abandonne petit à petit le stress qui me ronge. Puis Audrey m'écoute avec attention et bienveillance. Juste avant le début, elle a prononcé ces mots rassurants : « Ne vous inquiétez pas, si l'émotion est trop forte, nous pouvons arrêter un instant et y revenir ensuite. Nous allons faire des plans très simples, le rendu sera naturel. » Ainsi mise à l'aise, je m'exprime avec clarté, je parviens à contrôler mes larmes et nous filmons l'interview en une seule prise.

Les jours précédant la diffusion, la peur ne me quitte pas. Je ne dors plus. Je crains d'être jugée. Les gens ont beau être majoritairement bienveillants, je m'inquiète des réactions des quelques médisants. Que vont-ils faire des faiblesses que je vais exposer ? Finalement, l'interview est bien accueillie. L'audience de l'émission bat un record : plus de six millions de téléspectateurs. On doit penser : « Si ça lui arrive à elle, ça peut arriver à tout le monde, et on s'en sort. » Sur les réseaux sociaux, les deux ou trois commentaires haineux que j'ai reçus ne font pas le poids face aux millions de personnes qui me soutiennent. J'ai l'impression d'être mieux comprise et davantage enveloppée de sollicitude. Peut-être me voit-on autrement que comme une success-story ? Les femmes me couvrent de regards sororaux et empathiques. Comme certains membres de ma famille qui découvrent alors les détails de ce qui m'était arrivé.

J'ai rencontré E. à Paris, au lycée, où j'étais en première année de bac professionnel. C'était une période de ma vie où je me sentais belle : mes cheveux étaient joliment bouclés, je portais des petits talons, des tenues toujours élégantes que j'assumais parfaitement. J'étais bien dans ma tête.

Il y avait deux classes de terminale qui partageaient l'heure de sport. Un kéké de l'autre classe, avec une coupe tecktonik, à la mode de l'époque, long derrière et crête sur le dessus, jouait au foot. Il me regardait avec insistance. Malgré ses cent vingt kilos et son côté très séducteur, je n'aimais pas ce qu'il dégageait. Quelque chose en lui me dégoûtait et il avait cette tendance que je déteste chez les hommes : faire le beau, montrer qu'on a de l'argent. Mais il avait aussi ce charme irrésistible, cette arme formidable des prédateurs qu'on appelle le charisme, auquel j'ai succombé.

Sa manière de m'aborder a été brutale.

— Tu n'as pas l'air très sociable…

— Si, si, c'est juste que je n'ai pas envie de parler avec toi.

Il m'a eue à l'usure, amadouée à coups de sourires, de belles paroles, de blagues. Je l'ai invité chez moi.

— Qu'est-ce que tu aimes faire dans la vie ?
— Chanter, jouer du piano.
— Vas-y, montre.

Je m'installe sur la mezzanine de notre appartement familial, au clavier de mon piano demi-queue. Je souhaite l'impressionner en jouant mes atouts. Cela fonctionne. Il me complimente et me propose d'aller dîner ensemble, un soir.

C'était parti.

Pendant les premières vacances de l'année scolaire, à la Toussaint, alors que j'étais au fond de mon lit, fiévreuse à cause d'une angine, E. m'a appelée : « Demain, je pars en vacances avec ma famille, viens avec moi passer la semaine. » J'ai demandé la permission à ma mère qui me fit remarquer que j'étais malade. D'un seul coup, pourtant, ça allait beaucoup mieux. Je l'ai accompagné dans la Porsche cabriolet de son père. Un modèle sport, minuscule, plus fait pour être vu dedans que pour être confortablement installé à l'intérieur. Surtout à l'arrière, à trois avec son petit frère, nous étions serrés comme des sardines. Le trajet durait douze heures. Son père avait un poste à responsabilités dans l'industrie et sa mère était femme de ménage, mais elle gagnait très bien sa vie.

Pour compléter le tableau familial, le père battait ses enfants quand ils étaient petits, et la mère n'avait jamais rien dit. E. me l'avait avoué, notamment en commentant une porte enfoncée qui portait encore la trace de la tête de son frère, à la suite d'un « mécontentement » paternel. Mais je ne veux pas trouver d'excuses à E. Avoir été battu par son père sous le regard de sa mère n'autorise personne à être violent.

Les vacances ont débuté dans un grand calme, ce qui convenait bien à ma convalescence. Je passais du temps au lit, au coin du feu ou à ramasser des marrons avec sa grand-mère dans la campagne voisine. Cependant, la première dispute est arrivée assez vite. Sans aucune logique, E. avait comparé la dureté de la vie de sa grand-mère, qui nous recevait dans sa maison, à celle de mes grands-parents. Il déplorait qu'elle soit toujours obligée de faire le ménage, de se baisser pour ramasser des marrons.

J'avais acquiescé et dit que je connaissais ça avec mes grands-parents qui avaient également travaillé toute leur vie et, en plus, avaient traversé l'épreuve des camps de concentration. Il n'a pas apprécié. Il a minimisé ce que mes grands-parents avaient vécu. À mes yeux, ce parallèle était impensable. Je suis montée dans les tours. « Comment peux-tu dire une chose pareille ? C'est totalement inhumain. Il n'y a aucune comparaison possible ! » Je n'ai pas voulu pleurer devant lui et je suis partie me cacher. Vexée, j'ai appelé mes grands-parents sous le prétexte de prendre de leurs nouvelles – en réalité pour me bercer des voix de ceux que j'aimais le plus au monde et à qui E. venait de manquer de respect. Je ne leur ai rien raconté, ils auraient eu trop de peine d'entendre ces idioties. De la maison, on pouvait voir tout le village, sauf une petite pente en renfoncement où je me suis installée. J'ai pleuré. J'ai attendu un peu, je n'avais pas envie qu'il me découvre comme ça, je le connaissais à peine.

Puis je suis rentrée, quinze ou vingt minutes plus tard. Sa grand-mère avait l'air apeurée, comme paniquée. Elle m'a demandé, dans sa langue, l'unique langue qu'elle parlait, où j'étais. J'ai compris et répondu : « *Aqui* ! » Puis j'ai entendu : « Elle est où, cette pute ? »

Moi qui avais grandi à Vitry, entourée d'hommes pour qui le respect était une valeur fondamentale, je fus stupéfaite que quelqu'un puisse m'insulter ainsi. Horrifiée, le seul mot qui put sortir de ma bouche fut : « Quoi ? » E. répéta clairement : « Elle est où, cette pute ? »

Sa grand-mère comprit parfaitement ce que son petit-fils me disait.

Il s'est planté devant moi. « Tu étais où ? »

Puis, soudainement, un coup, une gifle devant sa grand-mère. Je me suis assise, choquée. Pour moi, c'était absurde, ça ne pouvait pas être réel. Il m'a relevée de force. Je n'y croyais toujours pas, ce devait être une blague. Il m'a jetée dans les escaliers, emmenée dans la chambre, mit une béquille sur le côté de la cuisse. Je ne sentais plus ma jambe. Je suis tombée sur le lit. Fou rire nerveux. Je lui ai dit : « En fait, tu es un grand malade. Tu sais que c'est terminé, tu es complètement fou. »

À cet instant précis, je n'avais pas peur, j'étais en état de choc. Je n'arrêtais pas de me demander : « Comment ce gars ose-t-il me toucher ? » Dans ma famille, je n'avais jamais vu quelqu'un se comporter de la sorte, c'était incompatible avec les valeurs qui régnaient sous notre toit. Mes parents s'étaient disputés, comme tous les couples. Mais recevoir ou donner des coups, cela ne pouvait pas arriver dans mon monde.

Je lui ai répété que c'était fini.

Il refusait.

« Si ! C'est fini ! »

Il a commencé à pleurer, à m'embrasser les pieds.

Je lui ai dit : « Tu es ridicule ! »

Tu sais, Alma, je me croyais forte à ce moment-là et, bizarrement, je sentais que j'étais dans la merde, parce que je pensais déjà être amoureuse. Comment allais-je faire ? Aujourd'hui je me rends compte que ce n'était pas de l'amour. J'étais fascinée par E., son bagout, son humour, son assurance... Il ne faut jamais se mettre en couple avec une personne qui nous impressionne. Cela crée un déséquilibre, c'est certain. On peut admirer l'autre, mais pas le vénérer. Si j'avais été bien dans mes baskets, plus costaude, rien de tout cela ne serait arrivé. Si j'avais senti une autorité, une protection paternelle, une harmonie autour de moi, j'aurais eu davantage confiance en moi et je pense que j'aurais réussi à le quitter.

Je voudrais que toute ta vie tu ressentes cette force, comme un cocon qui t'abrite et décuple ta volonté.

Il me restait trois jours de vacances avec eux. J'en ai passé deux au lit. Il tentait régulièrement de me faire lever. Je ne l'écoutais pas, je prenais pour excuse la maladie, la fatigue du voyage. À la fin du séjour, j'ai cédé et je l'ai accompagné en boîte, malgré un mal de ventre survenu après le choc des coups. Le lendemain, sur le chemin du retour vers Paris, je n'étais pas en meilleure forme. Pire, je sentais arriver le malaise vagal, auquel j'étais habituée après des émotions fortes ou des moments d'angoisse. J'ai demandé à son père d'arrêter la voiture. Refus. J'ai insisté. Sur une aire de repos, j'ai vidé mes entrailles d'un seul coup, en plein air. La mère de E. me tenait les mains. Je pleurais. Je rigolais. Je pleurais. J'étais tellement mal. Pendant ce temps, E. continuait à dormir dans la voiture. Je ne pouvais rien expliquer à ses parents. Lui frappait ses enfants, elle le laissait faire.

À notre arrivée à Paris, je lui ai redit que c'était terminé. Tous les jours il se postait en bas de chez moi pour m'accompagner sur le trajet jusqu'au lycée. J'ai fini par capituler et nous nous sommes remis ensemble.

Il a été ma première fois. Son éducation sexuelle venait des films pornos, je n'appréciais pas toujours ce qu'il me proposait. Le sexe, avec lui, ce n'était pas des moments d'amour, plutôt de la performance. Il l'exigeait tout le temps. C'était fatigant et je n'avais pas forcément envie, j'étais épuisée. Quand je me refusais, ça partait en cacahuète. Il m'a beaucoup tapée parce que je le repoussais. Puis il me forçait et me demandait pardon.

Les viols se sont produits plusieurs fois. Parce que je ne voulais pas. Pas de désir, trop mal… Et je pleurais.

— Pourquoi tu pleures ? me demandait-il.

— Parce que je n'ai pas envie.

— Oh là là !

Et une gifle.

Pour justifier les bleus et les différentes marques, j'inventais des coups de ballon pris au foot. Je pense que ma mère ne pouvait pas imaginer un seul instant que cela puisse m'arriver avec mon caractère bien trempé.

Il avait plusieurs techniques : il me mordait les joues jusqu'au sang, m'écrasait les pieds. L'été, surtout, parce qu'il ne supportait pas qu'on puisse les regarder.

Un jour, chez moi, E. m'avait éclaté la lèvre. Elle était ouverte de haut en bas. On sonne à la porte. C'était Mélissa, ma meilleure amie. J'avais oublié que je devais la voir. Je lui ordonne :

— Pars.

— Mais qu'est-ce qu'il y a ?

— Pars, s'il te plaît, pars.

Elle a compris. Plus tard, seule à seule, nous avons parlé. Elle m'a donné sa parole de ne jamais le dire. Pour moi, ce n'était pas son rôle. Alerter ma famille, que je voulais préserver, aurait été une trahison. Elle ne l'a pas fait. C'est une vraie amie que je respecte. J'étais intimement persuadée que j'allais réussir à quitter E. Quand précisément, je ne le savais pas. Je devais me sentir prête, et solide.

E. cultivait un véritable jardin de contradictions. Un jour, il me répétait que personne ne pourrait m'aimer comme lui ; le lendemain, il m'accablait des pires défauts. Avant chaque rencontre, j'ignorais ce qui allait m'attendre. Allait-il m'insulter ? Me faire la tête ? M'embrasser ? Je ne savais plus comment m'habiller. Seule la projection de son désir m'importait. J'étais indifférente à ce que je trouvais moi-même beau, à ce dont j'avais envie. Ses mots étaient des flèches empoisonnées dont le curare coule longtemps dans les veines.

Personne ne pourra jamais te sauver à ta place. C'est toi seule qui dois te sortir de la situation, te défaire de l'emprise.

Quand mes amis garçons ont repéré les bleus sur mon visage et mon corps, ils ont proposé une solution plus radicale : me venger en le séquestrant dans un endroit un peu sordide et lui faire mal pour ne plus jamais le revoir. J'ai refusé. Je ne voulais pas qu'il soit tué, ne serait-ce que malmené. Leur réponse a été simple : « Si tu dis non et qu'il recommence, ne nous appelle pas. » C'était dur à entendre mais, en même temps, je les comprenais. Je n'allais pas me plaindre éternellement sans rien faire.

Je me souviens d'un soir où l'on regardait la télé avec des amis. Il a désigné un acteur.

— Tu le trouves beau, lui ?

— Non, je regarde la télé, comme tout le monde.

— Tu aimerais bien qu'il te baise, c'est ça ?

— …

— Moi, je baise un squelette.

— Oui, mais c'est toi qui m'as rendue comme ça.

Lui, il faisait attention à son physique. Il voulait manger de la nourriture saine et maison. Tous les jours je lui rapportais au lycée ce que je préparais pour lui : des sandwichs, des salades. Je portais mon sac à dos pour les cours, plus un gros cabas rempli de victuailles pour lui, qui pesait une tonne. Il gardait son corps de rêve et moi, je dépérissais. À la fin de notre relation, j'avais perdu quinze kilos. J'étais faible, sans forces. Déjà que je n'étais pas très en chair… Je ne mangeais pas beaucoup, j'avais peur. Tout le temps. C'est très dur d'être terrorisée en permanence. L'angoisse donne envie de vomir. Or, souffrant d'émétophobie, je craignais de vomir. Un cercle infernal, horrible. J'étais devenue une ombre. Je ne disais rien parce que contrarier quelqu'un qui nous tape, c'est prendre le risque qu'il nous frappe encore plus fort. J'étais effrayée pour mon corps, ma vie, mais j'avais aussi peur pour lui, je ne souhaitais pas qu'on lui fasse du tort. C'est le principe du pervers : te retourner la tête jusqu'à te pousser à vouloir protéger ton bourreau.

Ma mère avait bien repéré que j'étais très amaigrie, malgré mes tentatives de camouflage. J'étais trop honteuse pour aller lui parler. Je pense que, même si elle n'aimait pas E., elle ne s'est pas doutée de ce que je traversais.

La seule chose qui me faisait tenir, c'était ma musique. Jusqu'à ce que je n'aie plus la force de continuer les leçons de piano. Je les ai arrêtées à cause de lui. À vingt et un ans, je n'avais plus envie de rien.

Il m'a trompée, plusieurs fois, il s'en vantait même. Quand nous allions en boîte de nuit, il s'amusait à m'humilier : « Tu vois cette fille, là ? Je vais me lever et aller l'embrasser. Et si tu bouges, je te cogne. » Et il l'embrassait à pleine bouche. Je devenais folle de jalousie. Comme devant cette fille brune, S., aux décolletés profonds, beaucoup trop autobronzée, orange, qui me narguait et avec qui je savais qu'il m'avait trompée. J'ai failli lui régler son compte dans les toilettes du lycée, mais E. est arrivé, m'a attrapé les cheveux en criant : « Qu'est-ce que tu fais ?! » Les autres élèves nous voyaient, ils savaient qu'il me frappait. Mais rien, ils n'ont rien fait…

Il faut autre chose pour que cela cesse.

Il cultivait une certaine idée de la jalousie. Un beau gosse, nouveau venu dans notre établissement, devenait un danger. Le midi, nous déjeunions souvent dans un restaurant grec à côté du lycée. Dans la file d'attente, le nouveau se tenait derrière lui et devant moi. Je ne le regardais pas, j'étais déjà réduite au rang de mort-vivante. Pourtant, E. nous a agressés :

— Tu regardes le mec derrière moi ?

— Non, pas du tout.

— Et toi ? Tu regardes ma meuf ?

— Non.

À la sortie, E. m'assena deux coups de pied dans les tibias. Avant qu'il n'aille plus loin, ses amis l'ont retenu et m'ont conseillé de retourner en classe. J'ai eu peur pendant toute la durée de mon cours. Je les connaissais bien, ces angoisses-là, je n'étais plus jamais sereine. E. était dans la salle voisine. À travers les vitres qui séparaient ma classe du couloir, j'ai vu le nouveau passer… suivi de près par E. qui me signifia par un geste de la main qu'il allait le tuer.

Après le cours, je fus convoquée dans le bureau de la directrice où se trouvaient déjà le nouveau et E., le crâne ouvert.

— Camille, ces deux garçons sont expulsés à cause de vous.

— Pardon ?

— Ils se sont battus pour vous.

— Je n'ai rien demandé à personne.

— Si, il paraît que vous l'avez regardé.

— Mais non, je n'ai regardé personne. En quoi est-ce ma faute ?

Le père de E. m'a téléphoné.

— Je ne veux plus te voir chez moi, tu as une très mauvaise influence sur mon fils.

— Ne vous inquiétez pas, vous n'allez plus me voir. Ça m'arrange. Je ne vous ai jamais aimés.

J'ai compris à cet instant précis que E. suivait scrupuleusement le mécanisme du pervers. C'était un séducteur qui savait enrober tous ses actes de belles paroles. Il arrivait à retourner n'importe qui en sa faveur. La domination qu'il exerçait sur moi n'était pas que physique. Je subissais aussi une véritable emprise psychologique.

J'avais un livret A que ma mère et mes grands-parents avaient alimenté pendant mon enfance. Au moment où j'ai eu le droit de le débloquer, j'ai tout gaspillé pour lui.

Ma famille avait travaillé dur pour me constituer ce livret, j'ai tellement honte d'avoir tout dilapidé. Même si aujourd'hui j'ai compris combien j'avais été manipulée. Toi, ma fille, cela ne t'arrivera pas car tu seras bien plus forte que moi.

Il avait un train de vie bien supérieur au mien, résidait dans une belle maison avec un porche et affectionnait les grandes marques comme Gucci. Pour lui faire plaisir, je lui en offrais. Il faisait croire à sa famille que j'étais blindée. Son petit frère, son double, disait : « Camille, ça se voit, avec sa famille, elle a de l'oseille. » Peut-être était-ce pour ça qu'il était avare de cadeaux. Pour notre première Saint-Valentin, il m'a invitée au Bistro Romain, avec des coupons gratuits. Je ne savais plus où me mettre. Quelle honte ! E. souriait, content de lui. Pervers.

Pour célébrer mes vingt ans, avec l'argent donné par ma famille, je lui ai payé une moto YZ 250, qui m'a coûté deux mille euros, et je me suis offert un pull à quatre-vingts euros. Il m'a convaincue de m'acheter un Piwi pour « être avec lui ». Quand je suis tombée du petit deux-roues, il m'a dit : « Je le garde », et j'ai refusé. Pendant ma fête d'anniversaire, il a dérobé en douce le

Piwi… et a disparu. Quelques heures plus tard, je reçus un appel d'un commissariat parisien. « On a votre copain et votre Piwi. Vous pouvez venir le chercher. »

À mon arrivée, un policier me demanda : « Vous êtes la fille de Claude Lelouch ? Et votre sœur, c'est Salomé ? » Je ne sais pourquoi j'ai acquiescé. Je ne suis pas parvenue à dire la vérité.

— Il risque d'aller en prison, votre ami.

— C'est dommage. Je lui apporterai des oranges, ou seulement la peau.

— Vous êtes sacrément en colère contre lui !

— Oui, un peu. Et mon Piwi, je peux le récupérer quand ?

— Ah ça non, vous ne le récupérerez pas.

Après m'avoir forcé à l'acheter, E. ne me le remboursa jamais.

Quand je pense que si j'avais saisi l'occasion et eu le courage de porter plainte, il aurait sûrement passé la nuit en garde à vue, loin de moi… Mais non.

Une fois, nous sommes entrés à la station de métro Châtelet. Je passe le portique sans problème, mais E. s'est retrouvé coincé devant les portes qui s'étaient refermées trop tôt. J'ai osé lâcher une onomatopée d'agacement. Il m'a menacée : « T'as intérêt à marcher vite avant que les portes ne se rouvrent ! » Ce que j'ai fait. J'étais terrorisée, je savais qu'il allait me rattraper. Les idées se sont bousculées sous mon crâne : « Qu'est-ce qu'il peut me faire devant tout ce monde ? Est-ce que je vais me prendre un coup dans les jambes ? Dans la tête ? » Et soudain, BAM ! Des claques sur la bouche. Très douloureuses. J'étais humiliée. Autour de nous, les gens ne disaient rien. Assis dans le métro, il a continué les insultes : « Grosse s., sale p. ! » Un petit papy se tenait près de nous :

— Vous n'avez pas honte de parler comme ça ?

— Ferme ta gueule, le vieux !

Là, je suis intervenue.

— Ne parle pas comme ça !

— Toi aussi, ferme ta gueule ou je t'explose contre la vitre !

J'ai lu trop de peine dans les yeux du vieil homme. Le summum de la honte. Un enfer.

Mon électrochoc, la fois de trop, est finalement arrivé. La mère de E. assurait l'entretien de studios et nous en avait prêté un pour que nous soyons *tranquilles*. C'était un appartement glauque, vide, avec pour seul meuble un matelas posé au sol. Là, dans ce studio glacial, je me suis vue mourir. Le déclencheur n'avait rien d'extraordinaire : je n'avais pas envie de faire l'amour avec lui. Il m'a insultée, m'a rouée de coups, m'a frappée de son coude dans le dos. Quelque chose a lâché en moi. Je me suis pissée dessus. Je le lui ai dit. Il s'en fichait, il a continué à me tabasser. Comme j'étais trempée, il m'a obligée à dormir par terre. « Si tu bouges, si je t'entends même respirer, je te tue. » Lui, sur le matelas, moi à côté, à même le sol, souillée dans mon pyjama parsemé de petits oursons. L'humiliation la plus totale… J'ai eu besoin de me vider encore plus. Je me suis débarrassée de mon pyjama, et sur la pointe des pieds histoire de ne pas le réveiller je me suis dirigée vers la salle de bains, le parquet grinçait. Assise sur les toilettes, j'ai vu par l'entrebâillement de la porte qu'il s'était retourné et qu'il me cherchait de son bras. Vite, j'ai sorti mes pieds de la salle de bains pour qu'il voie que j'étais encore là. J'étais toute nue, vulnérable, comme une petite fille. Je l'ai enfin vu comme le monstre qu'il était.

À mon retour dans la pièce, il m'a prise dans ses bras en me disant : « Viens. »

À ce moment-là, si j'avais eu une arme, j'aurais pu le tuer. La violence est contagieuse. Pire quand elle est quotidienne.

Je me suis couchée dans le lit, près de lui.

Au matin, nous sommes passés chez ses parents. Sa mère fit comme si de rien n'était, comme si mon visage était frais et reposé…

« Ça va ? Tu as bien dormi ? »

Un hématome couvrait la moitié de ma figure. J'en ai pris conscience plus tard en me regardant dans le miroir de la salle de bains au moment de prendre ma douche.

— Tu manges avec nous ?

— Non.

E. insista fortement. Je me suis montrée décidée : « J'ai dit NON. » Il a compris que j'étais à deux doigts de faire une crise. Je ne suis pas restée. Comment sa mère pouvait-elle montrer si peu d'empathie envers moi ? En même temps, cette femme avait laissé son mari taper leurs enfants toute leur vie, alors je ne sais pas s'il y avait quelque chose à attendre d'elle. Sorcière.

Je ne l'ai pas quitté tout de suite. Je n'avais plus de force ni pour être gentille ni pour être méchante. Je ne pleurais plus, je ne parlais pas, je ne mangeais rien. Je n'étais plus rien. À ce stade, tout ce qu'il me restait, c'était l'instinct primaire. Une fois, j'ai voulu répliquer. Après avoir été tabassée jusqu'au sang, je suis allée chercher deux couteaux à la cuisine et je lui ai dit : « Viens, maintenant, on est trois ! » Il s'est enfermé dans la salle de bains. Les pervers, c'est comme les chiens, si on leur montre qu'on a peur, ils attaquent. Le contraire se vérifie aussi.

À la fin de notre relation, en deuxième année de terminale, E. m'a frappée et je suis tombée dans les escaliers de chez ma mère. Je me suis relevée très vite parce que Maxime, mon frère, était dans sa chambre, tout près des escaliers. Il en est sorti et s'est adressé à E. :

— Qu'est-ce qui se passe ?

— Ne te mêle pas de ça, bonhomme.

— Je t'explique, tu lèves la main sur ma sœur, je te bute.

Mon petit frère n'est pas quelqu'un d'intimidant. Il a un visage angélique et c'est le garçon le plus gentil au monde. Il n'avait juste pas peur de E. Il lui arrivait au torse, mais son soutien m'a rassurée. J'ai osé dire à E. : « Tu dégages. »

J'ai demandé à Maxime de ne pas en parler à notre mère. Il a respecté mon choix tout en m'ordonnant de faire vite, il n'allait pas attendre que E. me démolisse sans rien faire. Quand il m'a défendue, j'ai compris que mon frère, c'est mon ami, un vrai gentil, un des hommes qui comptent le plus pour moi, avec mon grand-père et mon compagnon.

Peu de temps après les vacances scolaires d'été à Sainte-Maxime, je me suis confiée à ma mère qui a aussitôt décidé de mettre de la distance entre E. et moi. Elle a pris un prêt à la banque pour payer des frais de scolarité à EF Education First, une école en Angleterre où j'allais apprendre l'anglais. Je lui ai annoncé par téléphone que c'était fini. Puis j'ai beaucoup pleuré. Pour l'examen du bac, nous devions présenter à l'oral un dossier professionnel. Le mien était parfait, j'y avais travaillé pendant trois mois de manière très minutieuse. C'était important que j'obtienne le bac. Cela faisait plaisir à ma mère et, dans le fond, à moi aussi. La veille de cette épreuve orale, E. m'a dit avoir perdu tout son dossier et m'a demandé de le lui refaire. Nous n'étions plus ensemble. J'ai refusé. Il a sorti l'arsenal de menaces. J'ai travaillé une nuit entière sur l'ordinateur de mon frère pour refaire son dossier à partir du peu qu'il m'avait envoyé. C'était formellement interdit. E. a obtenu 15, moi 14,5…

Quand je l'ai quitté et que j'ai déménagé en Angleterre, il pensait qu'il me récupérerait facilement. Il me téléphonait sans cesse : « Je vais me pendre. Je vais me suicider. » Je lui répondais : « Ben suicide-toi ! » J'allais beaucoup mieux et j'étais très en colère. J'avais compris que les pervers sont lâches et incapables de se faire du mal. Il a tenté une autre approche : « Quand est-ce que tu rentres ? Je veux vraiment te revoir. » J'ai eu envie de vérifier qu'il n'avait plus d'ascendant sur moi. Je lui ai dit de venir me chercher à la gare à la fin de mon séjour. « Hey, Toutite ! » C'est le surnom qu'il me donnait, car je suis petite. Il s'est avancé vers moi, comme pour m'embrasser. Je l'ai arrêté immédiatement. « Qu'est-ce que tu fais ? Prends ma valise et ramène-moi chez moi. » En arrivant à la maison, je souriais. Je ne le craignais plus. Sur le parking de ma résidence, il a encore tenté de m'embrasser et, là, je lui ai dit : « E., c'est terminé, je ne t'aime plus et il ne se passera plus jamais rien. » J'étais guérie… Enfin, guérie sur le moment. Car je suis restée brisée des années après ça. Je n'ai plus jamais eu de nouvelles de lui. Il a dû comprendre ce jour-là que son emprise sur moi s'était rompue. Point final.

Tu sais Alma, les moments les plus terribles sont bien évidemment ceux pendant la relation, mais il ne faut pas négliger les traumatismes qui suivent. Pendant longtemps, je ne voulais pas qu'on me touche, je n'imaginais personne dans ma vie. J'ai été dure avec des garçons qui ne le méritaient pas. Je me vengeais. J'étais hargneuse, impulsive, agressive. Une femme que tu n'aimerais pas avoir pour maman.

À chaque rencontre, tout me dégoûtait, tout était faux. Je ne l'ai revu qu'une fois, par hasard, deux ans plus tard. Je travaillais dans une brasserie de la rue Montorgueil. En le voyant, j'ai cassé tous les verres que je portais. J'ai changé de numéro de téléphone.

Il a forcément dû voir le *Sept à huit*. Il sait que je n'ai pas porté plainte et que j'aurais pu le faire. Il sait surtout que cela ne sert plus à rien, parce qu'il y a prescription. Il ne vaut mieux pas qu'il repointe le bout de son nez. Est-ce que le gars a évolué ? Moi, il m'a fallu quinze ans pour être à nouveau bien dans ma peau et rencontrer un amoureux digne de ce nom. Sur ce parcours, j'ai vu l'importance de se serrer les coudes entre femmes et que certaines associations le permettent de manière remarquable, notamment La Maison des femmes, en facilitant la réinsertion des femmes dans un chemin de vie et en leur apprenant à lire et à écrire quand elles en ont besoin. C'est la raison pour laquelle, pour le jeu *LOL : qui rit, sort !*, j'ai choisi de concourir pour la Fondation des Femmes.

Je passe beaucoup de temps à ranger, ça m'apaise, comme une thérapie. Récemment, j'ai retrouvé une boîte avec deux photos de l'époque sur lesquelles il y avait E. J'ai demandé à Justine, une de mes meilleures amies, que j'ai rencontrée au Panam Art Café il y a sept ans et de qui je suis très proche, de les récupérer et de les brûler pour moi. Je ne voulais pas que ça se fasse ici, pour ne pas apporter les mauvaises ondes du pervers chez moi. Elle a fait ça dans son évier, consciencieusement, jusqu'au dernier bout de papier. Puis elle m'a envoyé une photo des cendres. « J'ai ressenti une joie profonde », m'a-t-elle dit.

Voilà le poids qui m'avait tenue pendant quinze ans au fond du puits. En parler m'en a libérée. Je suis tombée enceinte deux mois après la diffusion du *Sept à huit*. Comme si j'étais devenue plus légère. Plus à l'aise dans mes baskets pour pouvoir élever ma fille.

Si mon père m'avait donné la force, l'assurance, la confiance en moi, s'il m'avait dit : « Aucun homme n'a le droit de mal te parler, ni de te marcher dessus, ni de te rabaisser, ni de te faire du mal, ma fille. » Si j'avais eu la chance d'entendre ces mots, il est possible que j'aurais quitté E. dès le premier coup. Je sais papa que tu as fait ce que tu pouvais. Tu m'as aimée à ta manière, même si au fond de moi je pensais que tu irais voir cette ordure, que tu me défendrais comme tous les papas du monde.

J'ai encore de la peine aujourd'hui quand j'y pense, mais c'est ainsi. Ma mère m'aimait, elle m'a donné la force et montré l'exemple. Tout comme mes grands-parents.

Mais ça n'a pas suffi. Une enfance heureuse ne protège pas de l'emprise d'un pervers.

Se construire

Mon enfance, c'est avant tout des visages. Je vois ceux de ma famille, de mes amis, de ma professeure de piano.

Il y a une figure qui domine : celle de ma mère, Martine. C'est une femme courageuse, exigeante, rigoureuse et généreuse. Sa devise – « Pour réussir dans la vie, vous n'avez besoin de personne, juste de votre travail » – s'est ancrée dans nos têtes : celle de Maxime, mon petit frère de trois ans et demi mon cadet, et la mienne. Désormais, je n'admire que les gens qui travaillent et je ne peux me lier d'amitié qu'avec ceux que j'admire...

Nous vivons depuis mes un an dans une résidence de l'ouest de Vitry-sur-Seine, dans un triplex spacieux et clair, où chacun a sa propre chambre. Je retrouve mes copains, de toutes les origines possibles, des Asiatiques, des Indiens, des Rebeus, des Renois, sur l'aire de jeux devant la résidence ou même dans les sous-sols, terrain idéal de tous les cache-cache.

Ma mère ne laisse rien au hasard, surtout pas dans ses choix éducatifs. Ainsi, je vais à l'école publique à Vitry, sauf pendant mes années de CP et de CM2 pour lesquelles j'ai été inscrite à Sainte-Marie, rue Vandrezanne, dans le 13e arrondissement de Paris, près de la rue du Moulinet où résident mes grands-parents. Pourquoi ces deux années-là ? Parce que ce sont les plus importantes en matière d'apprentissage. Cette école privée, qui n'impose aucune pratique religieuse, applique une méthode d'éducation de type Montessori qui plaît à ma mère. Je me souviens des accessoires en bois pour nous apprendre à compter et à lire, et de l'atelier échecs en CM2. Je me débrouille plutôt pas mal pour une élève pas du tout matheuse ! En revanche, j'adore l'histoire, le dessin, la géographie tant qu'il s'agit de représenter les fleuves, le français pour les rédactions, la lecture, l'orthographe et la poésie. J'excelle en récitation, et chaque jour, en petite romantique des bancs d'école, j'écris des poèmes et des secrets dans mon journal intime… J'ai toujours sélectionné les matières que je daigne travailler. Quand j'ai jeté mon dévolu sur l'une d'elles, je deviens très consciencieuse.

À toi, Alma, je dirai de ne jamais cesser de travailler, mais aussi de te concentrer sur ce que tu aimes le plus et de suivre ton instinct. Tu verras, cela paie à la fin. Naviguer avec quatre de moyenne en physique ne m'a pas traumatisée ni gênée dans mon métier d'artiste. Tu le comprendras.

La pédagogie continue à la maison. Ma mère laisse ses magazines dans le salon et les piles de *Elle* en sont un élément clé. Quand je lis le magazine aujourd'hui, je revois ma mère et ma grand-mère le dévorer avec attention, et puis, je suis là, derrière elles, jetant un œil curieux par-dessus leurs épaules. Je sens que c'est un moment important, entre femmes. Et il ne me quittera jamais.

Et il y a aussi les activités manuelles que ma maman choisit. Elles sont souvent artistiques : peindre sur des œufs ou des pommes de pins, créer des figurines en pâte à modeler, des bijoux en perles, des bracelets brésiliens. Moi, je n'ai pas hérité du don de mon père et de mon grand-père maternel qui dessinent tous deux très bien. Je me dis que mon frère a dû s'inspirer de toute cette frénésie créative pour devenir un chef talentueux.

C'est encore une fois ta mamie qui m'a inscrite très jeune à mes premières leçons de piano. Je vais te le raconter un peu plus loin. Ne t'imagine pas que je suis une de ces enfants suroccupées comme on en trouve aujourd'hui. J'ai aussi des moments à moi. Heureusement, car là peut naître la créativité.

Je profite aussi d'instants de solitude. J'invente un monde imaginaire, je joue à l'épée avec des bouts de bois, à la marchande de fruits et légumes que je cuisine ensuite dans mon mini-four et que je sers à mes poupées dans ma dînette. Je crée des scènes pour mes Barbie dans leur maison ou leur voiture. Je ne manque pas de jouets. De rien, d'ailleurs.

Ma maman m'organise des anniversaires extraordinaires. Tous mes amis sont invités et chacun repart avec deux sachets : l'un empli de bonbons colorés et autres Smarties, l'autre de bêtises-souvenirs. La maison se transforme à cette occasion en un décor de fête : sur la table du goûter, des assiettes en carton soigneusement choisies selon les héros du moment, les petits chapeaux assortis, les financiers (mes préférés, cuisinés par ma grand-mère) et l'incontournable gâteau au chocolat. Au centre, je contemple, émerveillée, une pièce montée que ma mère a préparée avec des bonbons et l'eau me vient à la bouche. Le festival de jeux débute à l'arrivée des enfants. Puis ma mère et ma tante nous maquillent les uns après les autres. Mon père, Jacques, se tient un peu à l'écart, caméra Super 8 en main, pour filmer la joyeuse ambiance.

Aujourd'hui, je prépare une fête pour célébrer ta première année. Mes amis me demandent : « Est-ce que ce sera aussi fantastique que les anniversaires organisés par Martine ? » Promis, je vais tenter de rivaliser… une tâche difficile à côté de « la boss », ta mamie.

Sans être une femme dure, ma mère représente l'autorité pour moi. Elle m'apprend les règles et les limites. Comme l'année de mes cinq ans, lorsque j'ai commencé à suivre des cours de danse classique. Toute droite (un peu trop *raide*, selon la professeure), j'arbore en permanence mon tutu et mes chaussons de danse avec fierté. Le matin même de mon goûter d'anniversaire, je les enfile et je me mets à danser (ou plutôt à gesticuler) dans toute la maison. Ma mère me prévient : « Tu ne montes pas sur la table avec ton tutu et tes chaussons ! » Eh bien, sans doute excitée par la perspective des festivités, je fais exactement ce qui m'est interdit. Non seulement je grimpe, mais je danse même sur cette table ! Ma mère arrive : « Tu es privée d'anniversaire. » Elle appelle toutes les familles une par une. Je ne suis pas la seule à être déçue.

Ma maman se montre intransigeante, mais pour la bonne cause. Avec une fièvre à 38 °C, elle m'envoie à l'école. « Vas-y, et si ça ne va pas, tu rentres. » C'est une leçon que j'ai bien intégrée, je n'ai jamais annulé un spectacle ni un concert, et il m'est arrivé de jouer avec 39,5 °C. Mon caractère, c'est elle qui l'a forgé, et je sais que je lui dois une fière chandelle pour ça.

Je fais des bêtises aussi. Je chipe, par exemple. Mon institutrice ne m'interroge jamais et ne me permet pas de gagner des bons points, encore moins d'en ramasser dix qui me permettraient d'obtenir une image. C'est inlassablement la tête de classe, *les chouchous*, qui les récoltent. Il y a sans cesse des injustices et du favoritisme. J'ai l'impression que cela est propre au genre humain.

Nous y sommes tous confrontés dès notre plus jeune âge et ainsi préparés pour l'avenir. Un jour, pendant l'étude, je me rends compte que j'ai oublié un livre dans ma classe. On me laisse aller le chercher seule. Devant moi, le tiroir des bons points, des images et des billes confisquées aux élèves... Quelle tentation ! Je fais une razzia. L'institutrice me surprend et me punit.

Pourtant autodidacte, ma mère gère une entreprise d'études de marché, elle travaille dur et doit parfois s'absenter en province.

Dès mes quinze ans, elle m'incite à travailler pour gagner mon propre argent. Je commence à faire du baby-sitting. Une tâche assez difficile à tenir, car je m'endors très tôt, dès que les enfants sont couchés. Tout est calme quand les parents rentrent, ils me retrouvent invariablement assoupie sur leur canapé ! Autre job : je sers dans une poissonnerie sur les marchés. À la minute même où je franchis la porte de la maison, ma mère me lance : « À la douche ! » L'odeur du poisson est très tenace, elle me colle à la peau trois jours durant. Ce que je trouve le plus pénible, c'est de se lever à 3 heures du matin. C'est une bonne école, qui me montre la vie que je ne veux pas avoir. Le métier rapporte, mais l'argent ne fait pas tout. Je multiplie les petits boulots : le ménage et le service dans le café d'à côté, vendeuse dans différentes boutiques. Ensuite je passe le Bafa et je deviens animatrice à Vitry sur Seine dans les centres de loisirs voisins pour des groupes de tout-petits âgés de deux à cinq ans.

Le travail de ma mère et ses quelques déplacements impliquent nos grands-parents maternels dans notre éducation, et ce pour leur plus grand bonheur. Ils s'occupent de nous plusieurs fois par semaine. Munis d'un trousseau de clés que ma mère leur a confié, ils rentrent dans notre appartement sans sonner. Chez nous, c'est normal, culturel même. Nos grands-parents prennent le relais après ma mère et sont partie prenante de notre vie.

Leur histoire, leurs caractères et leurs croyances me marqueront à jamais.

Jeanne – enfin, appelons-la Madeleine puisqu'elle avait décidé de changer son prénom simplement parce que « Jeanne » ne lui plaisait pas – et Yvon se sont rencontrés à quinze ans. Leurs familles résidaient toutes deux rue des Hospitalières-Saint-Gervais, Yvon dans la loge de gardienne de sa mère et Madeleine au-dessus de la boucherie de ses parents. Pour faire la cour à ma grand-mère, Papy jouait de l'harmonica devant chez elle. Quand la guerre a été déclarée, il est entré en résistance par solidarité. Il avait lui-même cousu une étoile jaune à son veston, en soutien à la communauté juive. Il a été arrêté puis envoyé au camp de concentration de Dachau. Ma grand-mère et sa sœur ont été déportées à Birkenau en raison de leur judéité. Comment s'en sont-ils sortis et ont-ils pu se retrouver ? Au bout d'un an, Yvon a échappé aux derniers massacres de Dachau avec quatre compagnons en se cachant dans de la paille, dans des conditions extrêmes. Quant à ma grand-mère et sa sœur, elles furent épargnées par le soldat allemand qui était chargé de leur exécution. Ligotées autour d'un arbre, elles attendirent un moment inhumainement long, puis finirent par s'endormir, exténuées. À leur réveil, elles comprirent, à l'absence de leur bourreau, que le soldat leur avait laissé la vie sauve. À nouveau réunis, Yvon et Madeleine se sont mariés à la fin de la guerre. Deux ans après, ils ont donné naissance à leur premier enfant, une petite fille toute menue, ma tante. Ils ont traversé la période la plus monstrueuse qui ait été. Ils ont vécu et travaillé toute leur existence, leur traumatisme au fond d'eux, sans jamais se plaindre.

Avec de tels grands-parents, il est normal que la ténacité soit une de mes valeurs fondamentales.

Mon grand-père venait d'une famille très pauvre, dans laquelle le cadeau de Noël se résumait à une seule orange ou une crêpe chez sa tante les années fastes. Pour cette raison, il était important pour lui que ses petits-enfants ne manquent de rien, surtout pas de nourriture. Papy tenait aux bonnes manières. Il acheta un service en argenterie bien avant notre naissance à nous, ses petits enfants, et nous apprit à connaître l'usage des différents couverts. Cela peut paraître un peu dépassé, mais j'ai vite compris que ce savoir cataloguait les gens. Reconnaître un couteau à poisson sert à se fondre aisément dans tous les milieux. L'apparence physique lui importait aussi. Toujours tiré à quatre épingles, il a arboré des cravates jusqu'à la fin de sa vie. J'avoue être restée sourde à certains de ses conseils. « Trouve-toi un homme riche ! » ne parle plus vraiment à ma génération. J'ai préféré suivre ceux de ma mère et devenir indépendante. Pour compléter le tableau traditionnel, ma grand-mère ne savait pas bien lire ni écrire, tout juste signer de son prénom. Elle ne conduisait pas. Elle était dévouée à ses enfants et ses petits-enfants.

Pour ma plus grande joie.

À Vitry ou à Paris, ma grand-mère nous attend à la sortie de l'école. À l'évocation de l'école communale, je revois mes amies Capucine et Sarah, si belles, avec leurs longs cheveux de Méditerranéennes. Elles se coiffent à l'identique et, comme nous formons un trio, je me sens un peu à part avec ma coiffure courte. Ma mère préfère la facilité d'entretien à mes rêves de petite fille. Pour moi, les cheveux longs sont un élément incontournable pour ressembler à mes héroïnes favorites de Disney – Ariel, la petite sirène, en tout premier. Il y a sans doute une autre raison à ce choix capillaire. Ma grand-mère avait fait une fausse couche après la naissance de ma tante et (peut-être en l'honneur du petit garçon qui n'a jamais vécu ?) elle a toujours peigné sa benjamine à la garçonne. Quand je suis née, ma mère a reproduit cette habitude en me coupant systématiquement les cheveux au carré.

Ainsi, avec mes cheveux courts et bouclés, je ne ressemble pas à une poupée, d'autant que j'aime bien diriger et faire l'idiote pour prendre ma place. Je suis un peu garçon manqué malgré les jupes et les collants que m'imposait ma mère et qui tombaient à longueur de journée sur mes cuisses et me grattaient terriblement. Je raconte des blagues et je chante… en remontant mon collant.

La vie des enfants n'est pas toujours rose.

À l'école primaire de Vitry, il y a un surveillant, Michel, que tout le monde craint. Il possède un bâton en bois avec lequel il tape régulièrement les élèves sur les fesses. Sournoisement, doucement, vicieusement. Comme un chef d'orchestre, il alterne les coups brutaux sur la table et les petits coups doux. Il humilie les enfants également. Avec moi, son approche est différente, pas nette. Il est gentil et me prend sur ses genoux. Une sorte d'instinct me dit de m'éloigner de lui, d'avoir peur, de rester aimable, mais de ne pas aller trop loin. S'écouter, voilà la voie à suivre. Plus tard, des années après, j'ai appris par une des amies de ma mère qu'il avait été condamné à de la prison. Quand je prononce son prénom ou que je revois son visage dans ma tête, le dégoût s'empare de moi à nouveau.

Ce ne sera pas le seul malade que je rencontrerai. Plus tard, le père d'une de mes amies d'enfance chez qui j'ai dormi une fois a lui aussi eu une attitude bizarre. Un soir, dans le lit, alors que mon amie dormait à côté, il m'embrasse sur la joue en me chuchotant : « Je t'aime. » J'ai toujours gardé mes distances par la suite. Je ne l'ai jamais senti ni apprécié.

Et puis, il y a les inconnus. Comme celui tragicomique, qui à chaque fois qu'il nous voit, Mélissa et moi, court vers nous, l'imperméable grand ouvert, pour nous dévoiler son anatomie de pervers. Nous rions. De stress et de peur mélangés.

Je ne rirai pas, et ton père non plus, crois-moi, si cela t'arrivait un jour. Quand je pense à ta future jeunesse, ma fille, je me dis qu'il nous faudra nous montrer vigilants. Il y a tant d'hommes louches qui rôdent autour des filles, petites et grandes.

Mamie nous attend à 16 h 30 devant les portes de l'école, avec le goûter. Parfois elle le prépare à la maison, parfois nous passons à la boulangerie. « Choisissez ce qui vous fait plaisir ! », nous lance-t-elle, que l'on soit seuls ou accompagnés de nos amis. Avec ma grand-mère, je ne connais jamais de frustration. Ce qui me motivera sans doute, quelques années plus tard, à gagner rapidement mon propre argent. Je pourrais satisfaire mes envies sans dépendre de personne. L'envie de déjeuner au restaurant par exemple, plaisir auquel nos grands-parents nous ont initiés.

Le mercredi, ils nous invitent, Maxime et moi, dans l'une de nos trois cantines : Mei Kwai Lou, Le Pré Vert ou Le Languedoc. De temps en temps, nous leur faisons une infidélité pour aller déguster une sole meunière à La Criée. Adulte, je retourne régulièrement dans ces restaurants, comme en pèlerinage. Au Pré Vert, je commande mon repas fétiche : brick à l'œuf, couscous boulettes et zlabia en dessert. Au Languedoc, je mange deux fois en entrée mes fonds d'artichaut, en plat mes cuisses de grenouille pommes vapeur (dont je peux commander une portion supplémentaire si j'ai encore de la place) et en dessert, quand c'est la saison, un vacherin aux fraises. Les enfants des propriétaires ont pris la relève en cuisine. Y aller me fait du bien, les odeurs familières raniment les souvenirs de mes grands-parents. L'espace d'un instant, je redeviens la princesse de ma grand-mère et la petite protégée de mon papy.

Mamie connaît mieux que maman mes goûts culinaires. Je suis une petite fille très maigre et difficile à nourrir. Entraînée par l'éducation de ma tante, qu'il avait fallu éveiller à l'alimentation, elle sait comment me satisfaire, quels aliments me donner, comment me les présenter. « Tu veux une pomme ? », me demande-t-elle dans l'après-midi.

Je refuse, je n'aime pas croquer dans une grosse pomme. Sans tenir compte de ma réponse, elle m'apporte une pomme coupée en quartiers, épluchée. C'est si appétissant que je me régale en la mangeant.

Ce lien à la nourriture avec ma grand-mère est important. Tu sais, pendant des années, j'ai vécu des périodes pendant lesquelles mon comportement au moment des repas frisait la maladie. Je souffrais alors d'émétophobie, la phobie de vomir. Ces angoisses me coupaient la faim, me faisaient maigrir. Je traversais des phases anorexiques qui me valurent des consultations avec une psychiatre, spécialiste des troubles alimentaires, à l'hôpital Sainte-Anne. Je mangeais à peine : de minuscules bouts de viande blanche, des pâtes ou des petits pois que je mâchais lentement, de peur de vomir. Encore aujourd'hui, je consomme les aliments quand ils sont préparés d'une certaine façon, les concombres en rondelles fines et les tomates aussi. Jamais de gros morceaux. La nourriture et ta mère, Alma, c'est toute une histoire !

Toutes les jeunes filles traversent une période de tourments et de complexes qui peuvent les conduire au traumatisme. L'important est d'en parler, Alma, de se soigner sans en avoir honte, sans s'en vouloir. Difficile de l'imaginer quand on est en bonne santé et heureuse, n'est-ce pas ?

C'est avec Mamie que j'entre pour la première fois dans une salle de cinéma. J'ai cinq ans. Même habituée aux bons sentiments de mes dessins animés préférés, *La Petite Sirène*, *La Belle et la Bête* et *La Belle et le Clochard*, la projection de *Croc-Blanc* sur un immense écran, au milieu d'autres enfants et dans le noir, me transporte littéralement. Je pleure tant que nous sortons avant la fin.

Tous les étés, après un séjour dans un des centres de loisirs de Vitry ou dans une colonie de vacances, Maxime et moi prenons l'avion, décorés de la fameuse pochette UM des enfants non accompagnés, pour nous rendre à Sainte-Maxime, chez nos grands-parents. Leur appartement est situé au centre de la station balnéaire, dans une résidence calme dont les bâtiments ensoleillés portent des noms de fleurs, le nôtre est « les glaïeuls ». Nous y retrouvons notre cousin Mathias. L'appartement n'est pas immense, une chambre pour les grands-parents, une autre pièce dans laquelle nous dormons tous les trois, comme nos mères avant nous. Ma mère passe parfois quelques jours avec nous, puis nous restons sous la garde attentionnée de nos grands-parents.

Le matin, nous allons à pied à la plage de La Rascasse où ma grand-mère prend soin de réserver les matelas les plus proches de l'eau, pour mieux nous surveiller. Le patron de l'établissement, à la gouaille proche de celle de Gainsbourg, m'appelle affectueusement « Bout de mégot », parce que je suis toute petite et toute menue.

La plage offre une longue bande de sable doré, face à la baie de Saint-Tropez. À sa droite, l'arc du pont Blanc, soutenu par de multiples piliers, nous surplombe avec majesté.

Quand la faim commence à me tirailler le ventre, ma grand-mère tente de me faire tenir en me rappelant que nous allons bien manger au déjeuner.

À ce moment-là, ce qu'il faut faire, Alma, c'est plonger la main en cachette au fond du sac pour attraper les Prince un peu fondus. Les ouvrir en deux, gratter le chocolat avec les dents, puis manger le biscuit. « Que c'est bon l'interdit parfois ! » Enfin, pour des choses rigolotes et sans conséquences… Nous sommes bien d'accord, ma fille ?

Sur le sable, je fais fièrement le poirier devant tous les regards alignés sur les transats devant moi… Quand j'y pense, c'était une première expérience de la scène !

Sur place, mes grands-parents retrouvent des habitués. En particulier une très belle femme, V., qui porte magnifiquement sa petite quarantaine avec les seins nus. Elle se colle à mon grand-père en le charmant : « Alors, Yvon ? Comment ça va, Yvon ? » Ma grand-mère voit rouge !

De temps en temps, le photographe de la ville passe et nous devons poser, beaucoup trop longtemps à mon goût. Je ne tiens pas en place. Nous sommes allongés dans une mer qui commence à refroidir, dans des positions acrobatiques qu'on n'impose qu'aux enfants et qui font rentrer le sable dans le maillot. Tout cela devant les sourires fiers de nos grands-parents. Il me tarde d'aller me baigner.

L'après-midi, après une nouvelle séance de plage, nous nous arrêtons à la baraque à gaufres, Le Repère des Gourmands. Tous les jours je me régale de deux gaufres au sucre glace et d'une sucette au coca ou à l'orange.

L'endroit existe toujours. J'y retourne de temps en temps, pour un pèlerinage délicieux, et je me languis du moment où je pourrais partager ces gaufres avec toi, ma fille.

Je suis certaine que tu y as déjà pris goût quand, en fin de grossesse, j'en ai ingurgité trois d'affilée.

De retour à la maison, Mathias, Maxime et moi, le trio d'inséparables, retrouvons nos copains de la résidence. Nous montons sur le tourniquet avec Nicolas, au T-shirt couvert de taches qui remonte sans cesse sur son ventre un peu mou, et avec les jumeaux aux yeux bleus, les beaux gosses de la résidence. Nous chahutons dans l'immense terrain de sable bordé par la légèreté et la douceur de mes arbres préférés, les saules pleureurs.

Le soir, nous assistons à des soirées jeux ou des soirées déguisées au mini-club de vacances, l'Univac, tout près de chez nous, ou bien j'achète de la lavande, des bracelets, des boucles d'oreilles avec des coccinelles et des cartes postales au marché nocturne de Sainte-Maxime. À partir de quinze ans, mon grand-père nous donne la permission de 22 h 30, jamais plus tard. Les règles, c'est sacré. Nous ne remettons pas son autorité en question. Même si on aimerait rester dehors jusqu'au bout de la nuit.

Certains jours, nous prenons la voiture pour aller à La Nartelle, une plage à la sortie de la ville, très belle et plus sauvage. Parfois, des cousins de la famille viennent nous chercher en bateau pour passer la journée à Saint-Tropez. Ce sont des gens aisés et mes cousines, qui ont huit ou neuf ans de plus que moi, m'impressionnent. J'admire leur panoplie : de beaux bijoux, le maquillage de qualité, les sacs de marque. À huit ans, je leur ai confié avec la naïveté de la petite fille que j'étais que je trouvais beau un de leurs amis. Elles lui ont répété et il est venu vers moi, amusé : « Alors, Camille, il paraît que tu es amoureuse de moi ? »

Quelle humiliation ! J'adore mes cousines... mais à huit ans, je me suis sentie si trahie ! Il faut faire attention aux enfants, ils se blessent facilement. Je ne te ferai jamais subir ça.

Mes grands-parents sont mon trésor, que je garderai à vie. Tolérance, générosité, humilité... Voilà ce qui les animait. De belles personnes qui, malgré ce qu'elles avaient traversé, ne se plaignaient jamais. Moi, je me plains quand même un peu… mais jamais devant eux, j'en aurais eu trop honte.

Je n'ai jamais manqué de respect à mes grands-parents. Quand je dépassais les bornes, il arrivait que mon grand-père me donne un petit coup avec sa savate. Rien de méchant, ce n'est arrivé que deux ou trois fois. Vexée, je comprends pourtant que je suis allée trop loin. Je ne lui en veux pas, je sais qu'il m'aimait. C'était une autre façon d'élever les enfants et une petite fessée n'a jamais fait de mal à personne. Il ne faut pas confondre violence et éducation.

Tes arrière-grands-parents ont creusé une source d'amour si puissante qu'elle m'a donné envie d'exister à leurs yeux.

J'ai d'autres souvenirs de vacances, mais aucun n'égale en douceur et en joie les semaines à Sainte-Maxime. C'est mon endroit préféré, je m'y sens en sécurité, choyée par mes grands-parents, tout près de mon frère. J'y suis heureuse.

Pendant notre premier voyage loin de France, en Martinique, l'explosion de couleurs et d'odeurs, les saveurs inconnues, l'émerveillement face aux paysages, la sensation extraordinaire d'une pluie dégoulinant toute chaude sur nos corps plongés dans la piscine, tout cela n'a pas suffi à apaiser nos parents. Notre enthousiasme a tourné court, plombé par les scènes infernales entre mon père et ma mère.

Les vacances, c'est le moment où l'on découvre ses parents autrement, où, trop jeune, on perçoit des réactions que l'on ne comprend pas encore. Lors d'un séjour dans un club sur la Côte d'Azur, nous regardons, Maxime et moi, nos parents jouer à des jeux avec d'autres vacanciers. Les hommes sont alignés en rang d'oignon et les femmes, les yeux bandés, doivent toucher tous les visages des hommes pour reconnaître leur mari. Je vois ma mère tâter les visages et les épaules d'autres hommes que mon père. Je ne le supporte pas et je m'effondre en larmes. Ma mère, si pudique ? Comment peut-elle supporter ce jeu horrible ?

Quand ils nous rejoignent pour une semaine ou deux à Sainte-Maxime, mon père râle souvent, pour de tout petits riens, et les séjours sont ponctués de disputes entre mes parents. Quel étrange décalage avec la joyeuse tranquillité des vacances seuls avec Papy et Mamie !

Lors d'un séjour à Grasse avec ma grand-mère paternelle, Mamie Lydia, la tension est très forte. Un jour, je commence à saigner du nez. Impossible d'arrêter le flot. Ma grand-mère réagit de manière un peu excessive, ma mère lui demande de se calmer et elles se disputent. Mon père, en colère, se met à son tour à se quereller avec ma mère, qui part… et revient quelques jours après. Je l'accueille avec soulagement. Les vacances sans elle étaient moins gaies : ma grand-mère se plaignait sans cesse, et mon père pleurait le départ de ma mère.

Après des années de mésentente, ma mère a choisi la séparation. Un jour, elle nous assoit, mon père, mon frère et moi, sur les canapés en cuir rouge du salon. J'ai toujours détesté ces canapés, qui collent aux fesses quand on transpire l'été et dans lesquels on glisse avec ses habits l'hiver. Puis elle annonce : « Je quitte votre père. »

J'en ai longtemps voulu à ma mère, puis j'ai appris qu'il faut du cran pour quitter quelqu'un avec deux enfants en bas âge, qui n'ont rien demandé, qui n'ont pas envie d'avoir des parents séparés. Je n'avais jamais eu peur de mon père. Je me cachais derrière lui quand ma mère me grondait. Je le regrette, car je pense que c'est bien de craindre un peu ses parents, c'est par là que le respect se forge.

Ta grand-mère est une femme très courageuse.

Quand la séparation devient effective, mon frère et moi continuons à résider principalement dans l'appartement de Vitry avec notre mère. Un week-end sur deux, nous rejoignons notre père qui loge chez Mamie Lydia, rue de Flandres, dans le 19e arrondissement de Paris. Veuve depuis des années – mon papa avait dix-sept ans quand il a perdu son père –, elle vit dans un modeste appartement. Je dors avec elle dans une pièce où deux petits lits côtoient un bureau, une table basse et une télévision, mon frère et mon père dans le canapé-lit dans l'autre pièce, qui tient lieu de salle à manger. De la salle de douche vieillotte, je garde le souvenir d'un minuscule lavabo, d'un rideau de douche qui colle à la peau et d'une eau jamais franchement chaude. Je l'ai tellement en horreur que je ne me lave pas du week-end, ou très rapidement à chaque fois ! Mon père ne nous achète pas grand-chose. Je garde le même pyjama pendant cinq ans. Quand j'y repense c'est drôle, le pantalon de pyjama s'est transformé en short et le haut manches longues en t-shirt, on en riait avec mon frère. Cette ambiance est radicalement différente de celle de Vitry où chacun a sa chambre, où il y a un espace pour mon piano et tout le confort possible. Mamie Lydia décède quand j'ai quatorze ans. Je lui rends visite dans la chambre mortuaire. Déjà j'éprouve le besoin de passer cette étape pour faire mon deuil. Mon père garde son appartement. Nous continuons à vivre un week-end sur deux avec lui, jusqu'à ma majorité.

Au moment de la séparation, je suis en sixième au collège Paul-Valéry, à Thiais, en parcours musique-études. Mélissa, ma meilleure amie, que je viens de rencontrer, est une échappatoire et un soutien précieux. Elle l'est encore aujourd'hui, après vingt-cinq années d'amitié. J'occupe alors mon esprit en testant quelques bêtises. À onze ans, je confie à ma mère que j'ai fumé ma première bouffée de tabac avec mon voisin plus âgé que moi de quatre ans, Alban. Je l'ai vu fumer dans les sous-sols labyrinthiques de la résidence de Vitry, et j'ai insisté pour essayer. Il a cédé. J'ai rincé ma bouche avec une bouteille d'eau et un Malabar. Ma mère s'empresse de prévenir la mère d'Alban, Hélène, qui est non seulement mon institutrice de maternelle, mais aussi une très bonne amie de ma mère. Quel savon nous avons pris !

Après la prononciation du divorce de mes parents, je pars légèrement en cacahuète : je ne travaille pas assez et je redouble ma quatrième. Avec Mélissa, nous fumons nos premières cigarettes en cachette, un peu honteuses, derrière l'Académie des Arts à Thiais, là où se dispensent les cours de musique. Nous tirons les cigarettes d'un petit paquet de dix. Prétendant être lycéennes, nous évoquons à haute voix la fac et des tas d'histoires que nous inventons... Deux petites gourdes ! Nous imaginons facilement la réaction de nos mères si elles nous voyaient jouer aux grandes dévergondées. Nous nous gavons de canettes de jus d'orange et de bonbons au cola en forme de bouteille. Sur le trajet du retour en bus, l'écœurement nous prend souvent et nous regrettons le mélange tabac-sucre que nous avons ingurgité sans réfléchir. Avant de rentrer, nous tentons de camoufler les odeurs. Comment ma mère ne m'a-t-elle jamais repérée ? Mystère...

Si, ma fille, tu te mets à fumer un jour, je le sentirai immédiatement ! Enfin, je crois... et alors là, je ne sais pas ce que je ferai. Je te punirai certainement... mais comment ? Je ne sais pas, j'ai encore quelques années devant moi pour y réfléchir.

Je continue à faire des bêtises jusqu'à mes dix-sept ans. Je chipe dans les magasins, je le regrette aujourd'hui. Je vole des vêtements, des bijoux fantaisie et un tas de choses inutiles... jusqu'à la clé d'un cadenas d'une cage à oiseau une fois. Sans doute par goût du risque et du défi. Un jour, je passe devant une épicerie. Je dérobe une orange sur l'étal en chantant Bécaud à tue-tête. « Qui a volé, a volé, l'orange du marchand ? »

À quinze ans, une comparse, E. avec qui j'étais au collège, se fait prendre la main dans le sac puis me dénonce auprès du responsable du magasin. Quelle « connasse » ! J'avais dérobé plusieurs stylos et peluches Diddl. Je propose de payer, je les supplie, mais ils restent inflexibles, *ce sera une bonne leçon*. Ma mère vient me chercher au commissariat, puis me punit comme toutes les fois où j'ai été un peu *compliquée*. Sauf que cette fois-là, cela a duré plusieurs mois.

En devenant femme, j'ai compris que, adolescente, je devais être en colère contre ma mère, que je lui faisais payer d'être à l'origine du divorce.

Depuis, je lui ai demandé pardon. J'espère que toi, Alma, tu ne te montreras pas aussi dure avec moi ! Quand tu deviendras mère, tu comprendras tout. En attendant, le plus important, ma fille, est de me respecter… même quand tu ne me supportes pas.

Ma famille n'était pas ce qu'on appelle une famille d'artistes. Mon grand-père maternel et mon père ont un peu pratiqué le dessin et la peinture, et ils y ont montré quelque talent. Quant à ma mère, elle chantait dans une chorale classique. C'est elle qui m'a poussée à apprendre le piano dès l'âge de quatre ans.

Et la musique est entrée dans ma vie.

Elle m'inscrit d'abord dans un cours dans le 13e arrondissement de Paris. Je ressors en pleurs après trente minutes de solfège et de piano. J'ai tenu deux cours.

Un an plus tard, je suis confiée à Mme Salignon, une professeure qui reçoit ses élèves dans son logement, à Villejuif. À plus de soixante-dix ans, c'est un véritable personnage et une pédagogue exceptionnelle. Très douée, elle avait suivi les cursus Maths sup et Maths spé, puis obtenu des premiers prix de piano et de violon au Conservatoire. Sa famille appartenait à la très haute bourgeoisie. Elle avait fait le tour du monde avec sa grand-mère qui lui avait tout appris, lui servant même d'institutrice. Mme Salignon n'était jamais allée à l'école et, comble de l'étrangeté pour la petite fille que j'étais, elle n'avait pas eu d'enfant. Elle considère ses élèves comme sa progéniture qu'elle choie et effraie en même temps. J'ai intérêt à connaître mes morceaux par cœur, sinon je prends des coups de crayon sur les doigts. Très douloureux. Son charisme est impressionnant. C'est une femme toujours bien apprêtée, à l'image de sa chevelure teintée en roux et parfaitement peignée, de ses ensembles dans le style Chanel et de ses perles de culture. Ses yeux bleu clair vous transpercent. Ils pourraient faire fuir un régiment. Était-ce son regard qui avait séduit son mari, un bel homme de trente ans son cadet ? Tout cela lui confère une autorité naturelle, qui inspire la crainte chez tous, même ma mère.

Sa leçon se déroule suivant une routine invariable : théorie, étude du solfège, dictée musicale et pratique du piano. J'apprécie particulièrement la dictée : je dois m'asseoir dos au piano, elle joue des notes qu'il me faut retranscrire sur un cahier de musique, ainsi que toutes les altérations et le bon rythme. Pas facile, mais je suis douée. Son regard me balaie de haut en bas pour toiser la petite fille de banlieue que je suis. Celle qui n'est pas de son monde, je le sais. Les facilités que j'ai et qui m'avantagent par rapport à d'autres élèves plus consciencieux l'énervent et, en même temps, lui font plaisir. Pendant la pratique du piano, sans prévenir, elle retire la partition, et si je commets une erreur, elle me donne un coup de crayon sur les doigts. Ça ne me gêne pas, j'apprécie sa rigueur.

Rapidement, mon grand-père m'offre un piano droit. Quelle chance ! Nous l'installons sur la mezzanine dont l'espace recrée une sorte de scène. Je travaille mon instrument au minimum une heure par jour à la maison. Davantage quand il y a une échéance. Je prends goût à jouer devant ma famille, mon public favori. Je leur donne régulièrement des concerts, le mercredi en général.

Dès mes six ans, Mme Salignon m'inscrit à une audition de fin d'année. Je dois jouer un morceau qui tient sur une partition de deux pages. Je l'ai gardée comme un trésor, à l'instar de tous mes manuels et autres livres de musique.

Puis elle me présente aux concours de piano : Nerini, Kahn. Leur prestige est à la hauteur de leur niveau d'exigence.

Travailler beaucoup, passer tous les niveaux de concours, participer aux plus grands, gagner des premiers prix, viser l'unanimité du jury, voilà le parcours que tu devras suivre si tu souhaites devenir concertiste, ma fille. Ou chanteuse-compositrice-pianiste...

Je glisse les prix obtenus dans une pochette spécialement consacrée. La musique est le seul domaine où j'excelle. À chaque concours, ma mère m'achète une jolie robe, jamais plus haute que les genoux, pour satisfaire les exigences de ma professeure. Ils se déroulent souvent tôt le matin, l'hiver c'est un enfer pour mes doigts qui se trouvent gelés. Ma grand-mère m'entoure d'attentions. « Mets bien tes gants pour ne pas avoir froid aux doigts. »

En classe de sixième, en musique-études, nous avons l'obligation de choisir un instrument d'orchestre. Je veux apprendre le violon, mais il n'y a plus de place. J'obtiens son parent pauvre, l'alto. Je n'ai jamais été autant intéressée que par le piano.

Mon adolescence agace Mme Salignon, elle fait des remarques sur mon look vestimentaire (jean troué, jogging, baskets). Selon elle, les jeunes filles de bonne famille doivent s'habiller en robe longue et porter des socquettes en dentelle sous leurs chaussures vernies. Mais je sais qu'elle m'adore. Et je le lui rends bien. Elle commence à fatiguer à cause de son âge et s'endort même parfois pendant la leçon. Cela me fait sourire tendrement.

Au bout de quelques années, je lui avoue que je ne veux pas devenir pianiste, mais chanteuse. Elle me rétorque que ce n'est pas un métier. Blessée, je lui réponds simplement : « Pour moi, si. » Son avis m'importe mais, dans mon for intérieur et malgré l'immense respect que j'ai pour elle, je sais qu'elle se trompe. Mme Salignon a les idées un peu arrêtées d'un certain milieu social et d'une autre génération. Moi, à quatre ans, je chérissais déjà mes stars et je reprenais à tue-tête leurs morceaux : Dana Dawson qui chantait le tube « Tell Me Bonita » en 1991 ; François Feldman que j'avais vu à Bercy avec mon père alors que ma mère était sur le point d'accoucher de mon frère ; et aussi Céline Dion, Mariah Carey, Whitney Houston, Ophélie Winter et tous les boys bands…

En revanche, je suis soutenue par mes grands-parents et ma mère. Un soutien indulgent quand on pense que mes reprises de chansons anglaises devaient ressembler à du bon vieux yaourt !

Je compose ma première chanson à neuf ans. Je ne cesse de répéter : « Quand je vis ma vie, tous les mercredis et les vendredis. » Il faut bien un début à tout.

Je continue encore. À quinze ans, j'écris « J'ai toujours voulu être un garçon », avec laquelle je clôturerai mon spectacle d'humour quinze ans plus tard. J'y explique que j'aurais pu pisser au coin d'une rue et que personne ne m'aurait vue. Le texte est très léger. Pour composer, j'ai déjà une démarche très classique : je cherche la mélodie avec la rigueur et l'exigence des œuvres classiques, puis j'écris le texte que celle-ci m'inspire. Je ne travaille pas en utilisant les accords de jazz.

Après le collège, j'enchaîne avec un BEP Secrétariat, toujours en musique-études. Je pratique trente-cinq heures de musique par semaine, sans compter les week-ends. Je me sens valorisée et fière de réussir dans un domaine, même si j'ai parfois envie de m'échapper des heures de répétition de morceaux de piano. J'aimerais faire autre chose... chanter et composer mes propres morceaux.

En deuxième année, mon grand-père m'offre un piano demi-queue, un Pleyel, qu'il avait enrubanné d'un nœud en papier crépon rouge, comme un cadeau géant. L'audace pétille dans ses yeux. Je ne m'y attends pas du tout. Quel délicieux souvenir ! Jouer sur ce Pleyel et faire briller la joie dans le cœur de mes grands-parents m'a comblée pour la vie. Quand je quitte la maison familiale et que ma mère doit déménager, je n'ai pas d'autre choix que de le vendre avec une immense peine.

Mme Salignon est décédée il y a une dizaine d'années, sans avoir su le succès que j'ai pu rencontrer. Mais elle m'a légué trois valeurs fondamentales : rigueur, travail et passion absolue pour son art. Notre histoire aura duré vingt ans.

Ne rien lâcher, ne jamais se plaindre.

Je porte en moi le leitmotiv de mes grands-parents et les valeurs de ma mère.

Être coriace, tenace et travailleuse acharnée, je sais faire. J'ai mis toutes ces qualités au service de la musique et de la comédie.

Je vais essayer de t'apprendre comment faire.

Se lancer

Mon premier amour, c'est la musique. Ce sera le dernier aussi, je n'en ai aucun doute. C'est derrière mon piano que j'ai commencé à vivre pleinement. Chanter, jouer et composer sont les trois mousquetaires qui se battent pour moi. Ils m'accompagnent, me sauvent, me soignent. Si un mal s'immisce en moi, j'écris. Aussitôt je me ranime. La musique m'inspire. C'est mon bâton de résilience.

Après mon séjour en Angleterre, à la suite de l'expérience violente avec E. dont une des conséquences les plus douloureuses avait été l'interruption de mes leçons de piano, je rentre à Vitry avec la ferme intention de réussir à devenir chanteuse et compositrice professionnelle. Je dois gagner ma vie pour être indépendante. J'enchaîne les emplois de serveuse dans les cafés de Paris. En 2009, j'entre à La Terrasse des Archives, un restaurant fréquenté par de nombreuses personnalités. Je sers quotidiennement Mouloud Achour, Clovis Cornillac, Nicolas Bedos, Rebecca Zlotowski. Je blague avec certains. C'est mon petit one-woman-show. Je leur fais plaisir, je suis la serveuse rigolote. Certains rient tellement qu'ils me répètent que j'ai du talent et que je devrais faire de la scène. Je galère assez en tant que chanteuse. Si je dois me mettre à l'humour, maintenant…

Je suis une artiste. Je préférerais être assise avec eux plutôt que de leur apporter un café ou une bière.

Je suis fascinée par Rebecca. Cette femme est une acharnée du travail, elle vient chaque après-midi pour écrire. C'est à peine si elle relève la tête de temps en temps. Assez rapidement, nous parlons ensemble de nos vies et je lui révèle mon projet d'être chanteuse et actrice. J'ai raison de me confier à elle car un jour, pas si lointain, Rebecca pensera à moi pour un « petit rôle ».

La restauration est un métier stressant et tous ses employés cherchent un moyen de supporter la pression. Nombreux sont ceux qui carburent à la cocaïne, moi elle me dégoûte. Je trouve le geste sale et ses usagers très abîmés. Je n'ai jamais pris de drogue dure. En revanche, je commence à boire. Énormément.

Je plonge dans une habitude qui va vite devenir une addiction pendant trois ou quatre ans.

Avant, je détestais tous les alcools. J'avais beau goûter le champagne des fêtes de famille, rien n'y faisait, ça ne me plaisait pas. Avec l'émétophobie dont je souffrais, je craignais les crises de foie et les vomissements qui suivent les cuites.

Je me suis rattrapée. J'ai bu mon premier shot dans un bar où je chantais sur une scène ouverte. J'ai trouvé amusante la désinhibition que l'alcool entraînait. J'ai continué avec deux puis trois shots...

Le milieu de la nuit est celui de l'alcool. Je suis naturellement le mouvement. Boire devient la règle.

À 14 heures, je débute par un petit quart de sancerre blanc pour me détendre avant de commencer le travail à 16 h 30. Puis, à la fin, je bois régulièrement des shots pour relâcher la pression du service.

Après le travail, la fête continue dans les bars et les restaurants ouverts toute la nuit... J'atteins le stade de l'alcoolisme sans symptômes : je suis capable d'absorber une bouteille entière de vodka sans aucune trace d'ivresse.

Je trouve des lieux qui proposent des scènes pour jeunes musiciens. J'arrive avec mon clavier portable. *Portable*, le mot me fait grincer des dents. C'est une charge de vingt-deux kilos que je me coltine sur le dos ! Je joue mes compositions au milieu des tintements de fourchettes et de verres choqués. Les clients trinquent ou dînent entre amis. À la fin, je remballe mon matériel et mon orgueil, puis j'attends la modeste rémunération que le patron m'a promise. Souvent, il n'est pas là. Je dois patienter. Je poireaute. Il ne vient pas. Il est parti…

Je ne sais pas si tu auras envie de faire ce métier, Alma, mais si c'est le cas tu dois savoir que les débuts ne sont pas tout roses. Le traitement des jeunes chanteurs, ou plutôt des « not famous », est une véritable épreuve de résilience. Mais je vois bien qu'elle m'a aussi apporté mon lot de soutien et de chance.

Ces nuits musicales prennent toutes les formes, je rencontre Slimane dans un karaoké. Nous nous entendons tout de suite très bien. Nous avons en commun la rage de réussir, la nécessité absolue de chanter. Il devient mon ami, mon compère des pianos-bars, des folles nuits, des chansons à tue-tête dans les rues fraîches du petit matin parisien. Mais aussi le frangin des galères… et des rêves d'avenir.

Nous parlons de nos abîmes, de l'injustice de ce métier. Nous écoutons les nouvelles stars et nous nous demandons : « Pourquoi pas nous ? »

Quand nous commencerons à être connus quelques années plus tard, moi dans un premier temps avec mes vidéos sur les réseaux sociaux, lui ensuite avec *The Voice* qui l'a propulsé, nous nous aiderons mutuellement. Nous nous confierons nos peurs, les pressions du métier, nous partagerons des conseils, des réassurances. Au fil du temps, nous sommes devenus très intimes, comme frère et sœur, jusqu'à pleurer ensemble à l'enterrement de mon grand-père. Aujourd'hui, nous ne nous fréquentons plus. Les épreuves de la vie nous ont séparés. Mais quand le hasard nous fait nous croiser, la tendresse revient en force et nous sommes toujours heureux de nous revoir.

En 2010, toutes ces expériences de scène me décident à retenter *La Nouvelle Star*. Je m'étais déjà présentée sans succès aux présélections à dix-sept ans. Réussir dans ce métier implique de percer lors de castings, celui de *La Nouvelle Star* est le plus important à cette époque-là. C'est le passage obligé de toute chanteuse.

Je me prépare comme pour toutes mes auditions, toute seule dans ma chambre avec mon dictaphone et mon CD d'instrumentales. Ma mère ne m'accompagne pas. Elle a patienté de si longues heures avec moi sept ans auparavant que je ne veux pas lui imposer ce supplice une fois de plus. Mais son soutien est fort et elle y croit toujours.

La veille de l'audition, j'ai contracté une angine, comme souvent avant les événements importants. Je me lève aux aurores pour être au studio à 9 heures. Dans le miroir, je scrute avec écœurement un énorme bouton de fièvre qui trône, provocateur, sur le haut de ma lèvre. J'ai 38,5 °C. Malgré tout ce n'est pas une petite maladie qui va m'arrêter. Je me prépare, je prends de la cortisone, je vais leur montrer de quoi je suis capable. Coûte que coûte.

Cependant mon calvaire est loin d'être terminé puisque je suis la dernière candidate de la journée. J'attends dix heures sur place. Une longue période ponctuée de passages aux toilettes où je vomis tout ce que je peux. André Manoukian m'avouera des années après, sur un plateau de télévision, que cette heure de passage tardive était une preuve de mon talent. Ils gardaient les meilleurs pour la fin. Ce jour-là, je ne le sais pas et, sans réconfort, énervée, je me présente devant le jury : Lio, Philippe Manœuvre, André Manoukian et Marco Prince. J'entame avec force une version du tube de Jocelyn Brown, « Somebody Else's Guy ». Philippe Manœuvre attaque tout de suite :

— Vous n'avez pas chanté, Camille. Vous avez déboulé.

— C'est vrai que, *sans instru*, c'est pas facile non plus !

Quand André Manoukian me demande, plutôt avec bienveillance, ce que je compte apporter de différent au flot de jeunes chanteuses qui passent le casting, je ne peux répondre que sur le même ton agressif : « Mais moi, chanter devant un public, je le fais tout le temps ! »

Évidemment, malgré le vote en ma faveur de Lio, ils ne m'ont pas sélectionnée.

Ce qui a été retenu au montage n'est pas tout à fait ce qu'il s'est passé. Ils ont été beaucoup plus respectueux. Ils m'ont écoutée, parfois distraitement, j'ai voulu recommencer et ils ont refusé.

À la fin de l'échange, je perds mon sang-froid et je sors de la pièce, la tête haute et mon amour-propre en écharpe. Devant le studio, je tente de faire démarrer ma Peugeot 106 qui semble tétanisée par la neige qui est tombée en masse. Je suis gelée. Je n'ai qu'une hâte : retrouver mon lit !

Des années après, André me présentera ses excuses. Je lui répondrai que mon casting avait été vraiment raté et qu'ils avaient eu raison de ne pas me prendre. En 2021, il m'offrira une jolie occasion de faire un pied de nez à ce souvenir en m'invitant à chanter « Baby Alone in Babylone » sur son album hommage à Gainsbourg[1].

Ne pas vivre du métier que j'aime me rend malheureuse. Je continue à boire plus qu'il ne faut. Je ne prends plus soin de moi. Ma mère, à qui je ne réponds plus au téléphone, devine le gouffre dans lequel je suis tombée. Un matin, à 7 heures, elle sonne à la porte du petit appartement que j'avais loué dès que j'en avais eu les moyens. Elle est effarée par ce qu'elle voit. La vaisselle s'accumule dans l'évier, une odeur de moisi émane des poubelles jamais vidées, un désordre d'habits et d'emballages de junk food sont éparpillés çà et là. Mon studio est devenu un taudis. Ma mère se rend compte que je ne suis plus moi-même, moi qui, habituellement, ne me sens bien que dans la

---

1. *Les Pianos de Gainsbourg*, Decca, 2021.

propreté et l'ordre. Elle me secoue, me conseille de rendre l'appartement et me réinstalle chez elle, à Vitry.

Heureusement que ma grand-mère n'est plus là pour voir cette déchéance. J'aurais eu si honte.

Ma mère me sauve. Elle m'encadre, va jusqu'à me nourrir à la cuillère, me redonne confiance. Je change mon mode de vie et je réduis ma consommation d'alcool. Je me dirige sans le savoir vers ce qui sera le tremplin de mon succès. Depuis longtemps, j'entendais les clients : « Camille, avec tes blagues, tu devrais devenir humoriste ! » Je résistais : « Non, je suis chanteuse, c'est ça mon métier. » Denis Ménochet, un de mes partenaires dans le film *Grand Central*, a été le premier à me suggérer d'écrire un spectacle d'humour. Je l'écoute, je saute le pas. Je reconnais aujourd'hui sa clairvoyance. Je vais donner vie aux personnages qui m'amusent, les habitués de La Terrasse des Archives ou des inconnus que j'ai pu observer dans la rue. Face à la caméra de mon téléphone, j'interprète la cagole Ninette, la cousine de Kim Kardashian, celle qui m'a rendue célèbre auprès du grand public, Charlotte-Léonie, la bobo, puis la femme de Lenny. J'utilise le *jump cut*, c'est un montage que je fais dans l'instant avec mon pouce.

Cela donne un certain rythme, une spontanéité, comme si la conversation se déroulait en direct. C'est devenu la signature « Camille Lellouche ». Cette méthode a fait de nombreux émules depuis. J'enregistre en *jump cut* et en *impro one-shot*. Ce qui veut dire que je ne tourne la prise qu'une seule fois. Si la vidéo me plaît, je la poste instantanément. Sinon, elle part aux oubliettes. Je crois que je n'ai pas une vision intellectuelle de l'humour. Pour moi, le spectateur ne doit pas réfléchir pour comprendre mes blagues. Je laisse ça à d'autres humoristes qui maîtrisent très bien cette manière de faire rire. Je me concentre sur l'humour « drôle ».

Au fur et à mesure des vidéos, le nombre de mes abonnés explose. Mais je ne délaisse pas la musique pour autant. Je décroche un mini concert dans le mythique bar Le Réservoir, près de Bastille. Je l'annonce sur les réseaux sociaux. Le jour J, je suis très stressée car je pense que mes abonnés vont venir en masse. J'arrive au bar, accompagnée par un de mes amis, Micka. Selon lui, je dois être *clean* pour assurer un bon concert. Je lui réponds que je ne parviendrai pas à chanter devant cent personnes sans alcool. C'est le seul moyen de dompter mon stress. Il reste ferme.

Une crise commence.

Ma jambe est secouée de soubresauts violents. C'est la première fois que je ressens ça. J'avais vu les mains de certains alcooliques trembler, moi c'est la jambe. Sueurs froides, envie de vomir. Horrible. Je cherche une serveuse pour calmer mon besoin d'alcool. Personne derrière le bar, comme un fait exprès. Je réclame un rideau noir à étendre tout autour du piano pour cacher ma jambe droite au public. Pendant vingt minutes, elle tressaille. C'est un problème parce que c'est avec elle que j'appuie sur la pédale forte, qui intensifie les notes. Je dois donc utiliser ma jambe gauche qui, elle, ne tremble pas. Pas pratique. Je souffre, je sue à grosses gouttes, moi qui ne transpire jamais. Je lutte pour réussir à jouer l'intégralité de mon concert. Une heure, c'est long. Mon titre « Ne me jugez pas » prend tout son sens ce soir-là. Ma mère est dans le public, avec ma marraine. À la fin du concert, je ne reste pas avec elles. Je prétexte être épuisée et avoir besoin de rentrer dormir. En réalité, le manque d'alcool me donne terriblement envie de vomir.

Je n'avais pas bu depuis un mois, mais je n'avais jamais chanté sobre. Chanter sur une scène sans avoir bu auparavant m'a plongée dans une crise de manque.

Je t'avoue, ma fille, que je ne veux plus jamais revivre une telle dépendance. Moi qui cherche à tout maîtriser, je trouve cet état effroyable. Pour ma santé physique et mentale, pour mes performances artistiques, il m'est devenu inconcevable de boire à l'excès. D'autant que depuis que je suis devenue mère, il me faut assurer pour que tu puisses toujours compter sur moi.

Heureusement, un nouvel événement va me tenir éloignée de mes problèmes d'alcool. Rebecca Zlotowski prépare *Grand Central* six jours sur sept à La Terrasse des Archives. Elle me propose de passer un casting pour une éventuelle petite participation dans son film. Sur place, je découvre que la « participation » n'est autre que le second rôle féminin. Je n'obtiens pas de réponse immédiate. Comme tous les jeunes acteurs, je dois patienter et je trouve le temps assez long. J'ai l'impression qu'à chaque venue de Rebecca à la Terrasse, elle me fuit. Je suis certaine de ne pas avoir été choisie et qu'elle n'ose pas me le dire. Un jour, pourtant, elle me demande : « Tu serais prête à te raser la tête pour le rôle ? » Je lui réponds : « Franchement, ma grand-mère s'est fait raser le crâne dans les camps de concentration, je peux le faire pour un film. » Me voilà projetée sur une nouvelle piste artistique. Le tournage me permet de chanter. C'est une scène très douce où je fredonne « La Maladie d'amour ». Autour de moi, des regards admiratifs m'enveloppent, et je me blottis avec plaisir dans le sentiment d'être respectée. Sur le tournage, je découvre aussi les inconvénients du métier, comme passer outre les règles d'hygiène pour embrasser un partenaire à l'haleine un peu trop alcoolisée. Avant le moment critique, je demande à Rebecca de s'assurer qu'il se lave bien les dents et mâche un chewing-gum. Quoique très docile, il a un peu trop forcé sur la bouteille, et l'odeur reste forte. Je ne l'embrasse pas avec la langue, j'esquive… J'apprends que le lot de toute comédienne est de projeter l'image du partenaire de ses rêves sur celui qui a eu la malchance d'être en face d'elle.

Dans ce film, j'ai commencé par une des scènes les plus difficiles à jouer. Tout d'abord, je suis nue, de dos, sous la douche. J'avais donné mon accord pour la nudité, uniquement de dos, parce que cette scène a du sens et sert le propos du film. Je n'aime pas la nudité gratuite. Ensuite, pour la tonte des cheveux, je me tiens assise, simplement vêtue d'une culotte, devant une équipe de tournage restreinte : Rebecca, le chef opérateur, le perchman et le premier assistant. Ma relation avec mon corps, à cette époque-là, est compliquée. Je ne me sens pas à l'aise avec ma maigreur et mon absence de poitrine. Je demande une attention particulière au cadre, qu'on se concentre sur le crâne et pas sur le corps. Rebecca choisit de filmer également des gros plans sur mes pieds dont les orteils se recroquevillent avec angoisse. Au premier coup de tondeuse, je suis prise de tremblements. La violence de ce geste fait remonter celle de E. Le bruit métallique ponctue des visions horribles, les agressions physiques que j'ai subies, le traumatisme de mes grands-parents… Je ne fais pas que jouer, je vis le moment. Je vois Rebecca pleurer derrière le combo. Les larmes coulent en torrent sur mes joues, des sanglots d'enfant sortent de ma gorge. Pendant trois longues minutes. Je crois que ce rasage m'a purifiée, délivrée de tout le dégoût qui m'était resté de E. Je m'interroge également : est-ce que je n'ai pas évacué l'horreur qu'avaient traversée mes grands-parents et que je devais porter inconsciemment sur mes épaules ?

Si tu ne deviens pas chanteuse mais actrice (peut-être que tu travailleras dans les deux domaines, ou au contraire que tu choisiras une voie complètement différente), tu devras te méfier de ce genre de scènes dans lesquelles on n'a pas l'impression de jouer. Ça peut abîmer, surtout quand on est hypersensible.

Il faut garder la tête froide, se répéter que nous sommes des acteurs, avec notre existence propre, et ne pas se fondre totalement dans le personnage. Pour moi, cela a été cathartique, aussi. Je me suis sentie apaisée.

Au montage, quelques semaines plus tard, Rebecca coupera de longues minutes. Mon grand-père ne verra pas le film. Les cheveux aussi courts sur sa petite fille ont ravivé de terribles souvenirs pour lui l'ancien déporté. Il me demande de ne pas sortir sans bonnet. La repousse est lente : une année de patience pour avoir une coiffure courte et une deuxième pour être coiffée au carré. Je suis payée quatre mille euros bruts pour dix jours de tournage. Autant vous dire que je ne l'ai pas fait pour l'argent !

Dans le milieu du cinéma, le nom que je porte ne m'aide pas toujours. On m'associe fréquemment à des artistes fameux qu'on imagine m'avoir pistonnée. Et ça, c'est la dernière chose que je souhaite. Je n'appartiens ni à la famille de Gilles avec qui je partage l'orthographe ni à celle de

Claude avec qui nous n'avons que la sonorité en commun. Mon père s'appelle Jacques et vendait du mobilier de bureau !

Je travaille dur pour accéder au métier de comédienne et je veux le montrer. Tout en continuant mon activité de serveuse, je commence à suivre un cours d'improvisation, rue Volta, dans le Marais. C'est une des techniques d'acteur que je préfère. Je me laisse toujours un espace pour improviser dans mes spectacles. Le professeur, un beau gosse de cinquante ans, me répugne. Dans la minuscule salle de répétition, au sous-sol du théâtre, il fait jouer en priorité toutes celles avec qui il a déjà entretenu une relation « intime ». Ça se voit et c'est très gênant. Après le cours, nous allons boire des verres et, inlassablement, le bellâtre vient avec nous. Il est entouré d'une cour de jeunes femmes toutes folles de lui. Nous ne sommes pas particulièrement naïfs, nous avons tous aux alentours de vingt-cinq ans, mais je trouve l'atmosphère malsaine.

J'arrête après quelques mois pour entrer à l'école de théâtre Acting International. C'est à nouveau un cadeau de mon grand-père. Lors de la réunion de rentrée, la directrice nous rappelle la dureté du métier d'acteur : « Aujourd'hui, vous êtes cent cinquante. À la sortie, il n'en restera plus que deux. » L'une des deux, c'est moi. J'en ai tout de suite la certitude. Du moins, je ne me laisse pas le choix.

Nous sommes plus de trente par classe. Je ne me mets pas en avant. Je n'ai pas vraiment confiance en moi, mais je m'accroche pour gagner ma place. Les professeurs me cantonnent aux rôles de servantes, jamais à celui de la reine, ni de la princesse, ni même de la duchesse ! J'ai la désagréable impression qu'on ne mise pas une bille sur moi. Nous nageons dans les clichés. Moi, j'aimerais jouer Cyrano de Bergerac. Pas Roxane, mais bien le personnage de Cyrano... Un jour, Jean-Claude Cotillard vient donner une master class devant quarante élèves de l'école. Il nous demande de marcher sans rien faire. À mon passage, il me dit : « C'est bien, tu as un truc, toi », et cela me rend follement heureuse. Venant du père de Marion Cotillard, que j'admire tant, cette remarque doit signifier quelque chose. La directrice de l'école fait l'intéressante : « Oui, c'est un peu notre Foresti à nous. » C'est une blague ! Elle ne s'est jamais intéressée à moi. Je réponds : « Pardon ? Mais vous ne me parlez jamais, en règle générale. Et je m'appelle Camille. »

Certains exercices me semblent faciles, d'autres me font affronter des difficultés intimes. Comme cette scène de violence où je dois solliciter mes souvenirs personnels quand pleuvent les fausses gifles. Ou encore l'exercice des chaises. Nous devons passer, un par un, sur quatre chaises disposées sur scène. Sur chacune d'entre elles, la consigne est de jouer un sentiment imposé. Je bloque sur la tristesse. Je suis incapable de pleurer. Par timidité ou peut-être par peur d'ouvrir grand les vannes ? G., le professeur, s'énerve, crie après moi. « Pour faire rire, Camille, tu es la première, mais là… » L'humiliation enfle entre mes côtes. J'abandonne. Je prendrai ma revanche quelque temps plus tard en présentant un monologue. Tous, élèves et professeurs, qui me croyaient dilettante, seront surpris.

En revanche, j'apprécie l'approche technique d'une autre intervenante, Anastasia. Avec la rigueur caractéristique des artistes russes, elle nous fait travailler la mémoire, l'attention et, dans les scènes, le détail de chaque mouvement. Avec elle, j'apprends à recommencer, à répéter, à ciseler encore et encore l'interprétation jusqu'à obtenir satisfaction. Elle nous demande aussi de jouer l'algue ou le singe, de mimer des actions face au public. Moi qui aime les textes et les mises en situation concrètes, je trouve cela un peu ridicule. Mais quand elle nous montre ce qu'elle attend, elle le fait si bien que j'ai envie de la suivre.

Même si j'appréciais quelques-uns des élèves d'Acting International, je ne me suis liée d'amitié avec aucun d'entre eux et je ne sais pas ce qu'ils sont devenus. Beaucoup m'ont envoyé des messages de félicitations quand je suis devenue connue. Moi, je ne sais rien d'eux !

Début 2013, un rêve se réalise. *Grand Central* est sélectionné au Festival de Cannes. J'y apparaîtrai avec toute l'équipe et je devrai monter les marches du Palais. Il faut que j'assure sur ces marches, que je me sente sublime. Une paire de beaux talons, voilà ce qui va m'aider. J'ouvre la porte de la boutique Gucci et je m'offre une paire de chaussures hors de prix, qui laissera une empreinte de deux mille euros de découvert sur mon compte pendant de longs mois. Qu'est-ce que je vais faire sur ces marches auprès de Léa Seydoux et Tahar Rahim ? Moi qui ai vendu du poisson sur les marchés !

Le rêve s'efface vite. Retour à la réalité. « Un cappuccino, mademoiselle, s'il vous plaît ! » Je retrouve La Terrasse des Archives. J'entends régulièrement : « Oh, je vous ai vue à Cannes ! »

Réintégrer un métier alimentaire quand on vient de vivre une expérience dans le domaine qui nous tient à cœur, c'est un peu être Cendrillon quand le carrosse redevient citrouille. C'est troublant, assez difficile.

Une nouvelle fois, je vais remettre le pied à l'étrier grâce à une rencontre. Titoff, que j'ai servi quelque temps au Chinon, un café tout proche de La Terrasse des Archives où je faisais des extras, me propose de participer à une fausse publicité pour le Web, *Le Café marseillais*. Laurent Junca, son frère, est aux commandes. Pour le rôle, je reprends mon accent ensoleillé de cagole. Laurent me demande de marcher vers un canapé après avoir bu l'expresso marseillais. Sagement, je m'exécute, mais je m'ennuie un peu. À la deuxième prise, je me lâche totalement et je saute sur le canapé. Laurent est surpris et rit de bon cœur. Bingo ! Nous avons le même sens du comique, apparemment. Il me propose de m'accompagner dans l'écriture d'un spectacle qui se basera sur les personnages que j'ai créés, de le mettre en scène et de le diffuser. Je pose une seule condition : que je puisse faire rire, pleurer, chanter et jouer du piano. Il accepte : « Tu verras, un jour, Camille, on fera l'Olympia. » Je lui réponds qu'il est fou mais, en secret, j'en rêve.

Nous passons deux semaines par mois à Marseille pour écrire. Il y habite, c'est donc plus simple pour lui. Moi, rien ne me retient à Paris. Nous ne nous asseyons pas autour de la table comme des employés de bureau. Non, les règles de la création sont mystérieuses. Certains jours, nous sommes inspirés et, en une seule heure, nous rédigeons un bon morceau du spectacle. D'autres fois, nous rentrons bredouilles après une séance qui aura duré sept heures sans que rien ne sorte. Puis, soudain, au cours d'un trajet en voiture, une idée géniale surgit. Je l'écris alors aussitôt dans l'application Notes de mon téléphone.

Laurent m'apprend que la création d'un spectacle commence par l'écriture d'un bon sketch de sept minutes. On le rode dans des scènes ouvertes, on l'améliore... et on recommence avec un autre set. Enfin, l'art du one-woman-show, c'est trouver les liaisons parfaites entre les sketchs. Le tout, mis bout à bout, donnera le déroulé du spectacle. Je pars des personnages que j'avais imaginés et diffusés sur les réseaux sociaux et j'ajoute de l'improvisation sur scène. Plus je joue, plus je me rends compte que la spontanéité nourrit la relation avec le public. Elle permet de toucher quelque chose de vrai. Je peux aussi finir par coucher ces improvisations sur le papier, pour qu'elles deviennent des sketchs à part entière. Ce sera le cas de la patte de chameau ou de l'envie de faire pipi quand on est une femme. Mais je ne vais pas tout dévoiler. Allez voir le spectacle !

Sur les réseaux sociaux, le nombre de mes abonnés atteint deux à trois cent mille personnes. Je suis lancée sur la rampe du comique.

Au même moment, Slimane, qui s'occupait des castings de l'émission, me convainc de passer les auditions de *The Voice*.

Nous sommes en 2014, je vais avoir vingt-huit ans. Ce que je veux par-dessus tout, c'est devenir chanteuse.

Je refuse dans un premier temps.

Puis je cède. Je fonce. Ce sera la dernière fois. Si ça ne marche pas, j'arrête.

Être dans la lumière

Automne 2014, je me prépare aux auditions à l'aveugle de *The Voice*. « À l'aveugle » signifie que les coachs ne regardent pas le candidat dans les yeux. Ils se tiennent de dos. S'ils sont convaincus par la prestation, ils se retournent. Si un seul coach se retourne, le compétiteur le rejoindra dans son équipe. Si plusieurs se retournent, le candidat peut désigner l'équipe qu'il préfère intégrer.

Je me mets en route. Cette fois-là, pas de neige à l'horizon, sans doute un bon signe…

C'était ma dernière chance, j'en avais conscience. Le temps des galères devait disparaître. Je voulais devenir chanteuse, Alma.

Je choisis des habits dans lesquels je crois être à la mode. Un pantalon en cuir, une chemise en jean ornée d'un nœud papillon assorti, pour la petite touche féminine, un rouge à lèvres rouge pimpant et une paire de chaussures à talons. Quand je revois aujourd'hui les photos et les vidéos, je me dis que ce look était catastrophique !

J'arbore un piercing noir sur la langue. La raison pour laquelle je l'avais fait poser est ridicule. L'été, en vacances en club avec mon père et mon frère, j'avais passé la semaine à admirer une jeune femme d'origine asiatique que je trouvais incroyablement belle et inspirante. Elle portait un piercing à la langue qu'elle changeait chaque jour pour l'assortir à ses différentes chaussures !

Aujourd'hui je l'ai enlevé. Je rejoins ma mère et ma grand-mère qui ont manqué me renier en le voyant ! Trop vulgaire. Trop de connotation sexuelle. Je ne le savais pas, on me l'a expliqué plus tard. Maintenant tu es avertie, tu ne pourras plus trouer ta langue innocemment ! Tu ne le feras pas d'ailleurs !

J'arrive au studio de La Plaine Saint-Denis tôt le matin, en voiture. J'ai attendu un long moment, comme tous les candidats. Avant de monter sur scène, je suis tétanisée, submergée par d'intenses nausées et une forte émotion. Je chante comme si c'était la dernière fois. S'ils ne se retournent pas, c'est sûr, j'arrête.

Damien Silvert, coach de l'ombre de l'émission, m'apporte son soutien et, juste avant mon entrée sur le plateau, m'encourage de paroles réconfortantes : « Respire, ça va bien se passer. Et fonce ! » Un avant-goût de son appui indéfectible durant les mois à venir.

Je chante « Papaoutai » de Stromae que j'ai revisitée avec les talentueux musiciens de l'émission, sous la direction d'Olivier Schultheis. Mon frère et quelques amis, dont Jérôme et Mélissa, se trouvent en coulisses. Comme il n'y avait que cinq invitations par candidat, mon papy et ma maman ont gentiment laissé la place aux jeunes. Tandis que la production filme mes soutiens, leur tension est palpable et omniprésente.

Le jury est assis, dos à moi, je ne peux pas observer ni sentir leurs réactions. C'est la règle, c'est le jeu. Je dois m'y plier.

Moins de dix secondes s'écoulent, je lance « Où est ton papa ? » et le premier fauteuil se retourne, celui de Jenifer, un grand sourire enchanté aux lèvres et des étoiles dans les yeux. Quelque chose se bouscule dans mon cœur, mais je ne me laisse pas emporter par l'émotion. Je m'ordonne intérieurement : « Allez Camille, reste concentrée. Ne pleure pas. Donne tout ! »

Encore quelques secondes à chanter. Florent Pagny et Mika suivent Jenifer, presque simultanément.

Seule Zazie, dont l'équipe est déjà complète, n'a pas pu me désigner. Je sens sa déception et cela me touche.

Sélectionnée.

Voilà, j'y suis. Ta mère est entrée dans la danse.

Un appétit féroce me gagne. Je vais profiter de chaque instant de cette vie de chanteuse qui s'ouvre à moi. J'irai le plus loin possible.

Ils ne sont pas près de m'oublier, ma fille !

Devant moi, le choix du prince : quel coach vais-je désigner ? Jenifer, Mika, Florent Pagny ? J'opte pour Mika. Je ne sais pas pourquoi. Peut-être parce qu'il me fixe avec insistance. Aujourd'hui je le soupçonne de m'avoir hypnotisée !

Slimane est très fier que je réussisse cette première étape, lui qui m'a tant poussée à m'inscrire à l'audition. J'appelle ma mère et je lui fais ma blague usuelle : « Je n'ai pas été prise… (Silence.) Non, je déconne ! » Cri de joie de l'autre côté de la ligne.

Au premier tour, alors que je suis sélectionnée pour continuer l'aventure, je demande à Laurent Junca de mettre sur pause le spectacle et j'arrête définitivement les cours de théâtre. Je suis débordée, *The Voice* occupe tout mon temps et mon esprit. J'ai compris, cette expérience sera intense.

Les répétitions et séances de coaching se déroulent à La Plaine Saint-Denis. Tout sera enregistré dans les studios de TF1 entre septembre et décembre. Avant chacune des épreuves, nous restons deux ou trois jours sur place. Vitry se trouve à plus d'une heure de trajet en prenant train, métro et bus. Pour me maintenir le plus en forme possible, je demande à séjourner dans un hôtel comme les candidats qui habitent en province. C'est accepté. Je partage ma chambre avec Anne Sila. Une amitié se noue jour après jour, nous passons notre temps à rire de tout : elle imite sa professeure d'espagnol du lycée, on plaisante de notre stress, on imagine les pires situations pour faire retomber la pression. Heureusement, l'équipe de la production est aux petits soins pour nous. Le catering propose des plats faits maison, délicieux et variés. Je me jette sur le buffet comme si j'étais invitée à un mariage, et je mange pour trois.

La journée, nous travaillons avec les coachs de l'ombre. Parmi eux : Damien Silvert. Il est extraordinaire. Grâce à sa « préchauffe », un échauffement vocal de vingt minutes, j'acquiers de nouvelles techniques, notamment pour le souffle. Je soulève mon palais en forçant le bâillement pour détendre la mâchoire, ou je tiens ma tête comme si une balle de tennis était posée à son sommet. Si j'ai reçu une formation de musicienne très poussée, personne ne m'a jamais appris à chanter. Je fonctionne au feeling et à l'oreille. Les conseils de Damien me sont précieux et je me retrouve à l'enregistrer. Avant chaque concert ou chaque spectacle, ça me sert encore. Cerise sur le gâteau, c'est un homme très tranquille, à la voix apaisante. Un vrai mentor, un gentil, un soutien dans mes moments d'angoisse et de fatigue.

J'apprécie d'autant plus que je suis très anxieuse avant d'entrer sur scène. Certainement la plus traqueuse de l'émission. Je souffre de maux de ventre, de nausées. Mon mascara coule. Je suis la reine des retouches maquillage de dernière seconde ! Je vis chaque performance comme l'ultime enjeu de mon existence, chaque manche comme si cette potentielle défaite allait m'anéantir, mais aussi chaque victoire comme un pas vers une grande carrière et la postérité.

Lors des tout premiers enregistrements, le trac m'extrait de ma zone de contrôle : je tutoie Florent Pagny. Je n'ai pas réfléchi. Il me tutoie et je lui réponds du tac au tac. Cela est mal interprété par une partie des téléspectateurs qui me jugent durement. Une petite présomptueuse, irrespectueuse devant le grand chanteur, une fille qui se prend pour ce qu'elle n'est pas encore ! Je divise. D'une pierre deux coups, je découvre la méchanceté sur les réseaux sociaux.

Pourtant je préfère me concentrer sur les incroyables opportunités que m'offre *The Voice*. Un piano à disposition me permet de répéter avec mon coach le morceau que j'ai choisi parmi une liste de propositions émise par la production.

Nous passons beaucoup de temps avec les stylistes. Ils doivent suivre le cahier des charges du show, qui comporte, à mon grand désespoir, des talons et des robes… Pas du tout mon genre ! Le styliste, Alexis Arnoult, tente de m'aider à sélectionner des tenues présentées dans le vestiaire. À mon arrivée, comme je n'ai pas d'identité visuelle affirmée, on me transforme en cagole. La non-élégance atteint son paroxysme lorsqu'ils me donnent des chaussures bleu électrique aux talons vertigineux pour les assortir à une robe blanche courte et moulante. Je ne peux plus bouger, je ne sais pas marcher, perchée sur ces échasses. Et je ne parle même pas des séances de coiffure d'où je ressors avec des tie and dye blonds et des boucles soutenues par une tonne de laque !

Tout ce que je déteste.

Tu vois, quand on est jeune, Alma, on ne sait pas encore exiger ou refuser. On ne maîtrise pas les règles. Je ne voulais pas m'imposer, je jouais à être docile. Ce n'est pas grave de faire ce genre de concessions. Ce n'était pas une tenue qui allait m'empêcher de devenir chanteuse professionnelle ! Même si en secret, encore aujourd'hui, je rêve de chanter en jean avec de grosses boots, ou des compensées, voire des baskets.

Mika choisit de me confronter à Jérémy Charvet pour la *battle*. Pour cette épreuve, la scène se transforme en une sorte de ring, deux membres d'une équipe deviennent des rivaux et s'affrontent sur la même chanson qu'ils se partagent. Leur coach doit éliminer un des deux. Nous préparons « C'était bien » de Bourvil. Je ne suis pas à l'aise avec le tempérament très compétiteur de Jérémy. Je le sens qui tente de me déstabiliser du regard, même si je le cache au public. Ceux qui me connaissent très bien, ma famille, ma meilleure amie, décèlent mon malaise. J'en oublie une strophe et je lis la satisfaction dans les yeux de Jérémy. Visiblement, Mika ne m'en tient pas rigueur et choisit d'éliminer mon adversaire.

Cette année, l'épreuve finale s'annonce plus brutale qu'à la saison précédente. Chaque coach doit réduire son équipe de douze à quatre candidats. Mika définit un trio avec moi et deux autres concurrentes, Law' et Sharon Laloum. Nous sommes placées en triangle, deux dans l'ombre, une en pleine lumière face aux coachs. Là, nous chantons chacune deux minutes. Entre « Tainted Love » et le « Carmen » de Stromae, j'interprète un bout de « Survivor » des Destiny's Child. La langue anglaise me pose des difficultés, je ne maîtrise pas assez l'accent pour en faire ce que je voudrais. Mais les paroles me touchent personnellement, le titre envoie du rythme et me permet de déployer ma voix. Je travaille particulièrement dans une recherche de naturel. Je suis dans mon élément. Je m'autorise un clin d'œil à Mika pendant mon passage.

Cela n'a pas suffi. Il ne me choisit pas. Je me prépare à partir, je commence même à saluer mes copines quand j'entends le son d'un buzzer. Florent Pagny fait valoir son droit à voler un candidat d'une autre équipe. Il me sauve. « Tu es talentueuse et le train, pour toi, c'est maintenant. » Il fait allusion à mon âge (j'ai huit à dix ans de plus que la plupart des participants) et à l'urgence qui coule dans mes veines.

Grâce à son appui, je suis sélectionnée pour les épreuves suivantes : les *live*. Le niveau monte d'un cran : une semaine entière de répétitions, un week-end d'enregistrement en public, un cachet pour rémunérer chacun et chacune. On est loin du billet glissé entre deux portes par le patron de piano-bar ! Je me professionnalise. Entre les candidats, la compétition est intense mais l'ambiance reste agréable. On fait des bœufs sur un gospel classique, on improvise des duos entre nous. Nous sommes solidaires.

Pour les quarts de finale, nous présentons un morceau libre. Je chante un titre que j'aime, « Tous les mêmes » de Stromae, notamment pour son texte et cette manière de parler des hommes que j'avais envie de m'approprier. Le morceau imposé est « You Know I'm No Good » d'Amy Winehouse.

Victoire ! J'accède à la demi-finale et les portes de la tournée des Zénith s'ouvrent à moi.

Là, j'interprète « Double je » de Christophe Willem. Le verdict est tout proche. Cependant, je sais déjà que j'ai perdu, parce que le public préfère Anne Sila à moi. Effectivement, il ne m'accorde pas son vote. Je suis éliminée, si près du but. Je m'en moque, car le bonheur de participer à la tournée dépasse tout le reste.

Quelques semaines plus tard, la voilà qui débute. Nous donnerons vingt-deux concerts dans des Zénith aux quatre coins de la France. Je découvre qu'après la scène, j'ai besoin de me ressourcer. Je ne participe à aucune fête après les concerts, je rentre dans ma chambre, seule. Tous ne le comprennent pas, imaginent que je les prends de haut. En réalité, j'essaie surtout de ne pas boire, et aller me coucher est de loin la meilleure solution.

Dans chaque rêve, Alma, il y a une part qui brille moins. Sur la tournée, je ne me sentais pas bien. J'avais concrétisé un idéal, mais c'est comme si je n'arrivais pas à en profiter.

Peut-être parce que j'accorde trop d'importance aux messages désagréables que je reçois sur les réseaux sociaux.

« Je t'aimais en humoriste, mais je n'aime pas comme tu chantes. »

Ou le contraire : « Tu chantes bien, mais tu ne me fais pas rire. »

Moi dont les avis sont très tranchés, je ne leur en veux pas d'étaler leur opinion. Mais, humainement, je suis touchée. Comme n'importe qui.

Du groupe, je resterai amie avec Anne Sila. Nous nous parlerons de temps en temps, pas assez. J'aurai régulièrement le plaisir de croiser, sur d'autres plateaux de télévision, les gens des coulisses, les techniciens, régisseurs, stylistes.

Une fois la tournée terminée, je me rends à Sainte-Maxime pour rejoindre ma mère qui soigne mon grand-père malade. Il n'y a plus de place dans l'appartement. Je m'installe à l'hôtel-club voisin. Ce n'est pas encore la pleine saison, l'idéal pour se reposer du marathon *The Voice*.

Et me remettre d'aplomb pour mon spectacle d'humour avec Laurent Junca.

Faire rire

Je sais ce que je veux et ce que je ne veux pas dans mon spectacle. Je veux une alternance de sketchs avec des personnages féminins, de la musique, des chansons, de la danse et de l'improvisation avec le public. Les spectacles de Gad Elmaleh me touchent et me soufflent des idées. C'est un artiste total qui exploite tous ses talents dans des mises en scène riches, rythmées et virevoltantes. Je me reconnais dans ses adresses aux spectateurs, qu'il teinte toujours d'une grande générosité.

De mon point de vue, je n'entre pas dans la catégorie « artiste de stand-up ». Je crois que le stand-up m'ennuie. Je ne veux pas me tenir immobile derrière un micro. Blanche Gardin ou Paul Mirabel y excellent, je leur laisse cette technique qui convient parfaitement à leur énergie personnelle et à leur écriture. Rester statique m'empêcherait de transmettre la vitalité du corps, d'aller à la rencontre d'un spectateur, d'arpenter la scène de cour à jardin. Mon corps en mouvement doit porter la fougue de mes vannes, à la manière d'un boxeur qui expédie la force d'un uppercut. Voilà, c'est ce qui me plaît dans le one-woman-show.

La danse m'inspire. Je recherche ce contrôle extrême du corps et cette affirmation de soi que dégagent notamment les danseuses de flamenco. Le travail acharné doit être au cœur de ma démarche artistique.

Ma vision de l'humour n'est ni intellectuelle ni politique. Je m'efforce de faire rire avec un style simple : pas simpliste, mais direct. Je ne veux pas que le spectateur réfléchisse pour comprendre mes blagues mais qu'il puisse reconnaître dans les caricatures que je joue des voisines, des cousines, des amies ou lui-même peut-être.

Mes personnages sont souvent des femmes seules, issues de milieux différents, inspirées des clientes que je servais dans les brasseries. La femme de Lenny, battue par son mari, est un personnage que je me sentais obligée de faire vivre sur scène, comme une résonance à mon histoire.

Je conclus son passage par un bras d'honneur après qu'elle a osé chanter et se libérer de son bourreau. Une véritable catharsis de mon expérience avec E. !

J'observe les gens autour de moi, leur solitude, leurs attitudes, leurs émotions, la manière dont ils marchent, bougent, parlent, rient. Comment cette femme tient sa tasse, comment elle laisse un pourboire trop faible à son goût, comment cette femme enceinte se moque des injonctions en sirotant ses verres de blanc. (Quelle audace ! ou bien a-t-elle une foi inébranlable dans la protection de son Dieu ?) Tous me touchent et deviennent mes égéries.

Regarde, Alma, les personnages sont partout. Là, un SDF alcoolique du quartier tombe devant chez nous. Ici, un teckel traverse la rue en se dandinant. Face à nous, un jeune garçon atteint de trisomie danse avec son casque sur la tête, des ouvriers ne peuvent plus ouvrir la porte arrière de leur camionnette car ils ont visiblement perdu la clé… Peut-être seront-ils incarnés un jour dans un sketch ?

Je remplis l'application Notes de mon téléphone. C'est le point de départ du processus. Une blague réussie se travaille en traquant le rythme juste et la bonne mélodie. Deux mots qui signifient la même idée ne sont pas drôles de la même manière. Cela dépend de leur mélodie. Il faut avoir l'oreille musicale pour écrire un spectacle d'humour.

Sans compter qu'un sketch se répète jusqu'à obtenir le rendu le plus naturel possible. Le public ne doit jamais soupçonner tout le travail qu'il y a derrière.

Dans ce spectacle, j'ai également envie de développer la spontanéité expérimentée lors de mes premières scènes marseillaises avant l'aventure *The Voice*. Les interactions avec le public se feront impulsivement. J'aime l'improvisation. Elle permet de faire naître des pépites que, parfois, j'irai jusqu'à « fixer » pour qu'elles deviennent des sketchs à part entière.

Désormais, ce ne sera plus Camille sur les réseaux sociaux, mais Camille sur scène.

Ce sera *Camille en vrai*.

Pour la tenue de scène, je choisis des habits noirs, que je veux à la fois cool et chics. Des vêtements qui me permettent de bouger et qui ne mettent en avant ni mon corps ni mes formes. Je suis là pour être drôle, pas pour être jolie. J'adopte un costume veste-pantalon, pas trop onéreux, fait sur mesure chez un tailleur italien avec une veste que je pourrais enlever assez rapidement. Il fait très chaud sous les projecteurs, je dois pouvoir me mouvoir librement sur les planches. Pour la même raison, je ne porte pas de talons. Impossible pour moi. Je dois être à l'aise et bien ancrée au sol... Des baskets simplifieront mes agiles enjambées d'un bout à l'autre de la scène. Un brushing embellit mes cheveux naturellement bouclés, j'aimerais éviter de ressembler à un mouton tous les soirs. L'animal ne fait pas partie de ma galerie.

Mes cours de théâtre m'ont énormément aidée à construire et travailler les personnages de mon spectacle. Par exemple, le tuto rouge à lèvres de Ninette est inspiré d'un exercice que nous devions réaliser : face au public et sans miroir, mimer une séance de maquillage avec une gestuelle la plus précise possible. Au fur et à mesure que les élèves passaient, j'imaginais tous les dérapages hasardeux.

Autre technique apprise : donner des caractéristiques appuyées pour que nos personnages soient facilement identifiables. En dehors de l'accent (du Sud, du Nord, de l'Est, parisien ou snob), je modifie plus ou moins légèrement mon apparence physique. Porter les cheveux longs offre tout un tas de possibilités. Armée de mon accessoire magique, un banal chouchou enfilé sur mon poignet, je me transforme en un quart de seconde. Une couette ébouriffée sur le côté, et je deviens Ninette, la cousine de Kim Kardashian. Les cheveux bien tirés en arrière en catogan, assise sur une chaise, voici Géraldine Montéquieux, la michetonneuse de Monaco. La femme de Lenny porte un chignon mal fait au sommet du crâne. J'ajoute une perruque et une doudoune sans manches pour Clothilde, la serveuse-pas-très-féminine, et des lunettes rondes à la John Lennon pour interpréter la chanteuse baba cool. La perruque de Clothilde se retrouve parfois totalement déplacée sur la moitié de mon visage tant je transpire de la tête. J'en joue alors de connivence avec les spectateurs, comme une blague, une *cerise sur le gâteau*. Je tiens à tenir chacun des rôles jusqu'au bout de leur existence sur scène.

À la fin du spectacle, je chante une chanson écrite à l'adolescence : « J'ai toujours voulu être un garçon ». Je demande aux spectateurs de participer. Il suffit de répéter deux fois le premier refrain : « Va faire ça quand t'es une fille. » S'ils n'y arrivent pas, je les vanne gentiment.

Après les saluts et ma sortie, je suis souvent ovationnée par le public. « Camille ! Camille ! » Quel moment délicieux ! Émue, je reviens les saluer, les remercier d'être toujours au rendez-vous. Souvent je pleure en leur disant combien je les aime. Je finis par mon fameux selfie vidéo avec eux.

Ce travail de comédienne me permet d'évoluer dans mon élément. Je n'éprouve pas le besoin d'être accompagnée par un coach. Peut-être y aurais-je recours le jour où je décrocherai un rôle vraiment difficile, ou très éloigné de ce que je connais. Laurent m'aide à renforcer ma mise en scène. Je fais des propositions et il m'offre son regard extérieur. Nous formons un bon duo.

Il ose un coup de poker auprès de son ami Richard Caillat, le producteur de l'humoriste belge Virginie Hocq. Il lui assure que je suis prête et le convainc de m'engager en première partie du spectacle de Virginie au Casino de Paris. Je dois jouer quinze minutes avec trois de mes personnages. Je travaille avec acharnement pour être excellente. Rien ne doit être médiocre ni laissé au hasard. Cette première partie, en mars 2016, marque le point de départ d'une grande aventure.

Richard est satisfait. Il deviendra officiellement le producteur de mon propre spectacle quelques années plus tard, après que je me suis fait arnaquer par les producteurs précédents. Je ne connaissais rien au monde des affaires, on m'avait fait signer à vie la cession de mon image au cinéma, à la télé, sur scène...! Heureusement ce contrat a été annulé pour vice de forme.

Revenons au Casino de Paris. Trac... nausée... Je me sens jetée dans la gueule du loup. Mais je peux compter sur Virginie Hocq, qui est d'une bienveillance rare.

Après ce succès, le marathon commence : je suis programmée dès le mois de mai au Quai du rire à Marseille. Je vais y donner huit représentations sold-out d'ici la fin de l'année.

En juin, je joue quatre jours dans un petit théâtre de cent vingt places à La Rochelle. Quelques heures avant la première, je suis chez un coiffeur avec ma régisseuse, Suzy. Derrière moi, on coupe les cheveux d'un beau garçon. Il me fait de l'œil par miroirs interposés. Ce garçon ferait un très joli cadeau pour mes trente ans, que je célèbre le lendemain me dis-je en souriant. Une femme entre dans le salon de coiffure et se dirige vers lui, l'embrasse sur la joue. Il me jette un sourire qui semble signifier : « Ce n'est pas ce que tu crois. » Clap de fin de notre idylle.

Après les saluts, je me prépare dans ma loge. J'enfile un body vert d'eau, un jean slim, une ceinture et des boots en daim. J'attache mes longs cheveux en une demi-queue de cheval. Je vérifie mon reflet dans le miroir : me voilà prête pour passer le cap de la trentaine ! Escortée de quelques amis et de l'équipe du spectacle, j'entre dans le bar qui jouxte la boîte de nuit conseillée à Suzy par le garçon du coiffeur. La soirée débute par une série consistante de shots et se poursuit dans la boîte de nuit attenante. Nous avons le choix de la table, le lieu est désert. La foule n'envahit pas les dancefloors les lundis soir. C'est un festival de danse, de rires et d'alcool. Toute l'équipée se retrouve sur le marché de La Rochelle au petit matin à déguster des huîtres et du vin blanc. *Joyeux anniversaire Camille !*

À la représentation suivante, j'y laisse toutes mes tripes.

Le public n'y voit que du feu. Mes amis, eux, se gaussent tout du long.

Note à Alma : ne jamais boire avant un événement important. Rectification : ne jamais boire tout court !

Le rodage du spectacle se poursuit de ville en ville. *Camille en vrai* devient un travail d'équipe. Je rencontre Pierrot, le régisseur lumière d'un tout petit théâtre lillois. J'apprécie sa finesse, qui se traduit par une compréhension immédiate de mes envies et de mes besoins. Je lui promets de l'embaucher dès que le budget me le permettra. Je tiens parole. Il travaille sur toute la tournée de *Camille en vrai* et je le garderai sur mon spectacle de musique. Quand nous partons sur les routes au début de la tournée, nous sommes quatre. Plus tard, nous serons jusqu'à sept pour les grandes salles, comme les Zénith. Nous nous déplaçons en train ou en van selon la distance à parcourir.

Pour diriger ce petit monde, je ne sais pas prendre de gants, j'impose un rythme où tout doit s'enchaîner efficacement. Je suis exigeante, car je ne connais pas d'autre manière de créer. Dans le travail, c'est une des clés de la réussite. Le pire, c'est la médiocrité. Je ne cherche pas à plaire à la terre entière, mais il est inconcevable que quelqu'un puisse juger mon spectacle moyen. Une fois que tout est en place, alors il est possible d'apprécier ce travail que l'on aime tous avec passion.

La tournée *Camille en vrai* est lancée pour la saison 2017-2018 : trente-huit dates en tout, dans d'autres lieux à Marseille (au Quai du rire et au Silo) et dans la France entière. Après une année sur les scènes de France, je vais jouer à Paris au théâtre de la Gaîté-Montparnasse, soixante fois en sept mois, toutes à guichets fermés. Des personnalités de la scène comique viennent assister au spectacle. Je suis touchée par les encouragements de Chantal Ladesou que j'admire pour sa ténacité et sa présence irrésistible sur les planches. Gad Elmaleh me comble. Ses compliments me font vibrer de joie. Il m'avoue même avoir pleuré à la fin de la représentation. Plus tard, il dira publiquement que mon spectacle lui a donné le goût de poursuivre ce métier, que je suis « la plus grande humoriste française, la numéro un ».

Chaque soir, le trac m'oppresse, me compresse. Je soulage mes entrailles quinze minutes avant le lever de rideau, et juste avant d'entrer dans la lumière, une nausée violente me saisit. Ma bouche est si envahie de salive que je suis obligée de cracher. Il m'arrive d'avoir besoin que quelqu'un me pousse physiquement sur la scène. Les premiers rires des spectateurs font disparaître le malaise. Je retrouve mon corps, mes sensations et mes repères. La magie opère. Plus le public est enthousiaste, plus je plonge dans un plaisir fou. C'est *le kif absolu*.

Aux beaux jours, je suis programmée à Nice sur une scène en plein air. Habituellement, l'idée de jouer à ciel ouvert m'apaise. Mais ce soir, le public a quelque chose de différent : ma mère, mes cousins et mes cousines sont là. La présence bienveillante de Laurent Junca et de mon compagnon du moment, A., que j'ai rencontré quelques mois plus tôt, n'y peut rien. L'envie de vomir est violente, mes jambes flageolent, j'ignore si je vais pouvoir jouer. Mécaniquement, portée par des jours de travail et de représentations, je finis par faire mon entrée. Le spectacle se déroule parfaitement jusqu'au dernier sketch… inopinément coupé par ma mère qui s'est avancée et a posé, débordante d'amour, un bouquet de mimosas sur scène. Je sais improviser… mais être interrompue en plein sketch, de surcroît par sa mère, rend compliqué le retour à la concentration. J'y arrive cependant.

Quelques minutes plus tard, en coulisses, je m'énerve :

— Mais, maman, qu'est-ce qui t'a pris ?

— Je voulais te féliciter et te donner le bouquet…

— Attends que je finisse le spectacle, que je salue, au moins !

— Je suis désolée, je ne savais pas trop quand venir te le donner.

— Eh bien, à la fin… comme dans tous les spectacles !

Je lui ai dit un tas d'horreurs que j'ai regrettées aussitôt. Ta grand-mère est généreuse et chaleureuse, mais aussi timide, ce qui est à l'origine de cette maladresse. C'est si idiot de lui en vouloir à elle qui, avec mon frère, constitue mon équilibre. À chaque fin de spectacle ou de concert, quand elle vient me déposer des fleurs, nous nous sourions avec complicité, en souvenir du show à Nice. Je sais aujourd'hui que j'ai été trop dure avec ma maman ce jour-là, Alma. Les mamans font tout ce qu'elles peuvent pour faire plaisir à leur enfant.

Mon grand-père est au plus mal. Je passe mes journées à l'hôpital près de lui. Le soir, invariablement, je suis au théâtre. Comme le jour de son décès. Je joue pour lui, il m'aurait dit de ne pas annuler. Avant d'entrer sur scène, les larmes montent. Puis les rires du public m'emportent. Que le spectacle soit humoristique m'aide, je n'imagine pas comment j'aurais pu gérer cette émotion si j'avais dû chanter…

En février 2019, je joue trois soirs à La Cigale, ma première grande salle parisienne. L'enjeu est de taille, les journalistes, souvent féroces, attendent ce moment pour se faire une idée et écrire leur critique. Pour enfoncer le clou du trac, mon père est, pour la deuxième fois, dans le public. Les retours sont excellents et me permettent de conquérir un nouveau public parisien qui se déplacera massivement aux futurs spectacles. Ce sera le cas huit mois plus tard, lorsque je réalise le rêve de mes grands-parents : être programmée à la Salle Pleyel. Malheureusement, ils ne sont plus là pour l'apprécier, mon grand-père ayant rejoint sa femme l'année précédente. Je joue pour eux ce soir-là. Je sais que, de là-haut, ils me regardent et sont fiers de moi. J'entre dans la magnifique salle, je me fais toute petite, écrasée par l'émotion et le respect pour tous les immenses artistes qui se sont produits ici.

À la fin de l'année, Canal+ et l'Olympia s'associent pour créer une remise de prix, basée sur le vote du public. Dans la catégorie humour, entre Florence Foresti qui obtient le prix de l'artiste de l'année, et Inès Reg celui de la révélation, j'obtiens ma première récompense d'artiste professionnelle, celle du meilleur spectacle de l'année. Antoine de Caunes et José Garcia me remettent la lourde statuette dorée. Elle représente le fameux O aplati, logo de la salle de spectacle. Je suis si émue que j'en bafouille, je ne sais plus qui remercier. J'évoque toute l'équipe et, comme je crains d'oublier un nom, je ne cite personne en dehors de Laurent Junca. Je parviens tout de même à annoncer ma première date à l'Olympia, qui aura lieu un mois plus tard.

Nous enchaînons avec une tournée des Zénith. Je suis fière. Je suis la première femme en France à avoir été programmée en Zénith pour son premier spectacle d'humour.

Au cours de ces quatre années de tournée, je me remets régulièrement en question. Quelques sketchs n'ont pas résisté à la centaine de représentations. Je ne sens plus certains personnages et je les retire de la programmation, la caillera, Cricri la shlagos et Lilou, la petite fille aux bêtises. Laurent n'est pas d'accord. « Quand on tient un fil, Camille, on ne le lâche pas en cours de route. » Peut-être suis-je trop exigeante, mais je ne l'écoute pas. Je fais bien car il s'y accroche pour de mauvaises raisons, essentiellement la paresse de retravailler le spectacle. Contre son avis, je renonce à deux sketchs, plus d'un an avant la fin de la tournée. L'ambiance commence à se gâter entre Laurent et moi. Nous ne nous entendons plus artistiquement. Je me dispute également avec mon compagnon, A., dont le spectacle est aussi mis en scène par Laurent et qui est très présent en coulisses. Les prises de bec se multiplient entre nous trois. Je finis par quitter A., juste avant le confinement. Notre histoire aura duré trois ans.

Lors de mes cinq dernières représentations parisiennes au Théâtre Marigny, je suis étonnée par le nombre d'hommes de la BRI, munis de pistolets, dans les couloirs. Je plaisante à haute voix, pensant que ce doit être un dispositif habituel dans la capitale. « La classe ! Il y a des hommes qui me défendent avec leur arme ! Je ne dois pas être n'importe qui ! » Mon producteur m'avoue avoir reçu, voilà quelques semaines, plusieurs menaces de mort antisémites – « Sale juive, je vais te crever » – me visant moi. Il ne m'a pas avertie pour me « protéger ». Je suis très énervée par cette décision absurde. D'une part, je n'aurais jamais annulé une seule représentation, je ne suis pas lâche. Et d'autre part, me le dire m'aurait davantage prémunie. La haine est sans limites.

En mars 2020, à la suite de l'épidémie de Covid, le gouvernement annonce la fermeture des théâtres et la mise en place d'un confinement.

Après l'effervescence des cinq dernières années, tout redescend au niveau zéro de l'énergie. J'ai oublié à quoi ressemblent plusieurs jours de repos d'affilée et je perds tous mes repères. Célibataire depuis peu, je vis seule. Je suis très influencée par la peur collective et je ne sors pas de chez moi, je lave minutieusement tout ce qui vient de l'extérieur. Je range, je fais le ménage, je cuisine des plats en grande quantité que je dépose devant les portes de mes voisins. J'applaudis les soignants à 20 heures. Un comportement banal et exemplaire.

Régulièrement – l'inactivité me rend folle –, j'invente des sketchs sur des gens qui ne respectent pas les règles sanitaires et je chante tout ce qui me passe par la tête. En avril, j'improvise une chanson sur le Covid, « Coco Corona », dont les paroles assez simples parlent de mon ras-le-bol de la situation et de ce que chacun vit et craint à ce moment-là. Je la poste sur les réseaux sociaux. En vingt-quatre heures, elle réalise deux cent mille vues sur YouTube et trois millions et demi sur Instagram ! Je viens de créer sans m'en rendre compte l'hymne du confinement. Les multiples commentaires que je reçois me réchauffent le cœur. La solitude n'est qu'un état physique et le partage d'émotions communes, un puissant remontant.

Soudain, je lis un message surprenant, celui d'un ex, W., avec qui j'avais eu une histoire assez sordide quand je n'étais pas connue et que j'étudiais encore à Acting International. « Tu te souviens de moi ? » Ce harceleur n'a honte de rien. W. était valet de porte d'un grand hôtel. Un peu plus âgé que moi, il avait un fils qu'il a toujours refusé de me présenter et une fâcheuse tendance à boire. Tout comme sa mère, chez qui il vivait. Nous nous retrouvions chez elle, dans sa petite chambre aux lits superposés. C'est dans cette pièce qu'un jour, alors que je révisais mes textes de théâtre, je l'ai vu s'amuser avec un revolver. Un petit modèle mais qui n'en était pas moins effrayant. Je lui ai dit : « Qu'est-ce que c'est que ça ? Range-moi ça, c'est dangereux de jouer avec une arme ! » Pour toute réponse, il s'est mis à rire. Ses agissements rallumaient mes traumatismes anciens, comme lorsqu'il avait dragué ouvertement une jeune femme à l'endroit où je venais le chercher et exigé de moi que j'aille « un peu plus loin. Je finis de parler ! » Encore une fois, un homme m'avait humiliée. Mais ce serait la dernière. Ce soir-là, dans ma voiture, je lui ai signifié la fin de notre relation. De rage, il a fissuré le parebrise avec son coude. J'ai cru qu'il allait m'exploser le visage. Mon instinct de survie a pris le dessus et j'ai accepté de dormir une dernière nuit dans une des chambres de l'hôtel où il travaillait. Le matin, je me suis rhabillée sans faire de bruit mais il s'est réveillé.

— Ne pars pas.

— Si, maintenant, je m'en vais, mais on en reparle.

Ce que je ne comptais évidemment pas faire. Il m'a téléphoné des centaines de fois, est venu stationner devant notre appartement à Vitry, la voiture chargée de fleurs et le klaxon tonitruant. J'ai fini par solliciter l'aide de ma mère. Elle lui a demandé de partir et expliqué que je ne voulais plus jamais le voir car je ne l'aimais plus. Avec W., c'était une réédition de mes humiliations et une preuve que je n'avais pas encore trouvé mon équilibre.

À la lecture de son message, j'ai reconnu au fond de ma gorge le goût métallique de la répugnance.

Le temps passe et les restrictions sont levées. Partiellement. Nous pourrons jouer mais devant des spectateurs masqués et dans des salles à moitié remplies. Je sens que les sept dates programmées au Théâtre de Paris à l'automne vont être très étranges. Je n'ai pas été habituée à jouer devant des salles à moitié vides et un public dont je ne peux pas voir les sourires.

La tournée de *Camille en vrai* s'achève par les représentations au Théâtre Marigny. J'y retrouve un public nombreux et enfin à visage découvert. Un documentaire, tourné par Philippe Lézin, est vendu à Canal+, ainsi que la captation du spectacle.

Au cours de ces représentations, je fais plusieurs blagues sur le président de la République et sur Franck Ribéry, mais je les trouve finalement un poil trop méchantes, presque gênantes. J'applique scrupuleusement la phrase-conseil de Laurent Junca : « Quand il y a un doute, il n'y a pas de doute. » Cela me servira avec lui également. La collaboration avec Laurent s'arrête là. Il ne m'apporte plus ce dont j'ai besoin et nos avis divergent bien trop souvent.

À la fin du dernier spectacle, je pleure pendant quinze minutes après une standing ovation qui dure aussi longtemps. À la mesure des quatre cent cinquante représentations que j'ai données de ce spectacle. Je flippe. Je ne sais pas quand je vais retrouver mon public. Je leur pose la question. « Est-ce que vous serez là quand je reviendrai ? » Réponse collective : « Ouiii ! »

Pour cette tournée, j'ai raté de nombreux événements, des mariages, des enterrements, parce que j'ai privilégié le spectacle. J'ai joué alors que je souffrais d'une grippe intestinale carabinée, si violente que quelqu'un devait me tendre un seau avant et après le spectacle pour que je vomisse. Je ne regrette rien. Je suis très fière de mon travail, de ma persévérance, de mon exigence. Les standing ovations que je recevais quasiment tous les soirs m'ont repue de tendresse pour les cent prochaines années. Mes vrais amis et ma famille l'ont compris avec amour et respect.

Je suis prête aujourd'hui à me lancer corps et âme dans la musique. Je reviendrai certainement à un spectacle d'humour. Dans quelque temps. Quand j'aurai profité de ma carrière de chanteuse.

Va toujours au bout de tes rêves, ma fille. Ne laisse personne te dire ce que tu dois faire ou ne pas faire. Tu peux réussir tout ce que tu veux. Comme me le répétaient tes arrière-grands-parents et ta grand-mère : « Le chemin est long mais la route est belle. » L'essentiel, c'est de travailler. Qu'est-ce que c'est bon quand tu y arrives !

Chanter

À la fin du premier confinement, Fabien Marsaud (le slameur Grand Corps Malade) me propose de participer à son prochain album de duos avec des femmes. Je lui fais écouter un son que j'ai écrit et qui pour moi reste inachevé : « Mais je t'aime ». J'avais composé ce morceau trois ans plus tôt, au début de ma relation avec A. Écrire des paroles de chanson constitue un peu ma thérapie. J'y dépose les mots que j'ai du mal à prononcer à haute voix. Confier mes fêlures, mes doutes, ce qui brûle en moi, directement à la personne concernée, ce n'est pas facile pour moi. Je n'avais jamais pu achever ce titre. Son tempo de valse, assez inhabituel, l'éloigne des standards dans l'air du temps. Fabien est séduit : « Ne touche à rien, je vais apporter des réponses à tes couplets. » Il improvise un slam pour compléter les paroles.

Je n'en suis pas à ma première collaboration musicale. Sur le deuxième album de Slimane, en 2018, nous avions co-écrit « Si on est deux », comme une suite logique à tous les sons que nous avions partagés dans les bars depuis une dizaine d'années. Avec Fabien, que je connais à peine, l'enjeu est d'une tout autre envergure.

« Mais je t'aime » sort le 19 juin 2020, en avant-première de son album *Mesdames*, prévu pour le 11 septembre. Le succès est immédiat. Le clip sobre, en noir et blanc, réalisé par Yann Orhan, nous propulse en deux semaines parmi les vidéos les plus visionnées sur YouTube avec huit millions et demi de vues. Notre valse est programmée sur toutes les radios, même celles des jeunes, tout l'été, et devient une des chansons les plus téléchargées sur les plateformes musicales. Numéro 1 pendant quatre mois en radio. Autres preuves de sa popularité, une parodie et une version en langue des signes ont été imaginées par des artistes.

Ça y est, c'est le moment pour moi de travailler à mon propre album. J'aurais bien aimé pouvoir surfer sur la vague du succès du duo, mais je n'étais pas encore entourée des bonnes personnes.

Je prends mon temps. Aucune étape ne doit être sautée. Ne pas se précipiter, Alma. Ça, c'est une des clés les plus importantes de la vie.

Je consulte mon avocate, Laurence Goldgrab, spécialiste des droits d'auteur en musique. Elle me conseille de contacter les labels Play Two du groupe TF1 et Belem chez Wagram Music. Je suis touchée par Sandrine Runser, la directrice de Belem, dont j'apprécie le comportement maternel avec ses artistes. De son côté, mes performances dans *The Voice, Camille en vrai* et bien évidemment le duo « Mais je t'aime » l'ont convaincue. Nous commençons notre collaboration.

Pour composer, je laisse la mélodie venir à moi. À n'importe quel moment, j'enregistre des mémos musicaux sur mon téléphone, parfois à une heure avancée, quand tout le monde dort. Comme si la musique était ma langue maternelle, il m'est tout naturel d'exprimer en notes l'état dans lequel je suis. Si je souffre, elles me libèrent. Les mots viennent dans un second temps. Deux titres font exception, « Tout te dire » et « Allô », pour lesquels j'ai commencé par écrire les paroles tard dans la nuit avant d'en fredonner l'air.

Tu vois, il n'était pas encore dans mes habitudes de coucher sur le papier le bonheur ni de me satisfaire d'une mélodie joyeuse. Cela arrivera un peu après la rencontre avec ton père puis avec ta naissance, ma boulette d'amour.

Le matin, je retrouve au studio de musique mes vieux amis, les talentueux frères Yaacov et Meïr Salah. Selon les jours, nous travaillons à la composition de titres, au développement de morceaux à l'état de projets ou aux arrangements d'autres. Mon album s'enrichit de leur connaissance de tous les instruments, piano, guitare, batterie, violon. Nous pétrissons encore et encore le tout jusqu'à modeler ce que j'estime être un bon son. Les ingrédients principaux sont rigueur, exigence et cœur. Je cherche à mêler les influences que j'aime : le rap, le R'n'B, la soul, la variété française, les musiques urbaines. Je m'ouvre aux propositions des musiciens et quand le titre sonne bien à mon goût, je commence à écrire, enfin satisfaite.

Certains morceaux ont déjà été écrits, comme « N'insiste pas », qui parle des violences que j'ai subies, ou le très ancien « Ne me jugez pas », composé à l'époque où je chantais dans les pianos-bars.

Je poursuis cette quête d'inspiration en puisant dans ma vie personnelle. J'écris « Libido » pour A., le garçon avec qui je suis restée trois ans. Une période si longue que le désir avait disparu. Je ne trouvais plus rien de sexy dans son corps, dans son être. Notre histoire s'était construite sur des intérêts communs et j'aimais son humour. Et puis, il ne m'attirait plus. Notre relation, par sa gentillesse et l'affection qui circulait entre nous, s'apparentait davantage à de l'amitié. Quand nous étions tous les deux en vacances, j'ai cru, un temps, vivre une vie rêvée. Mais il n'y avait pas le piment de l'amour, ni jalousie ni manque. La mer était un peu trop plate. Une chose est sûre : je lui dois de m'avoir aidée à guérir. Avec lui, j'ai pu me reposer de toutes les liaisons catastrophiques que j'avais connues : avec E., avec W., mais aussi avec S., un homme dont le comportement m'effrayait et qui, sans doute pour calmer ses nerfs, avait choisi un jour de m'étrangler avec mon propre chèche alors que je conduisais. Je l'ai rapidement quitté, celui-ci… A. m'a offert une relation saine, basée sur de la tendresse et du respect.

« Fais-moi confiance » est une chanson adressée à ma mère. Trop pudique pour lui chanter en tête à tête, mais désireuse de recueillir son avis, je profite de sa venue chez moi pour lui passer un enregistrement. Elle écoute, assise au creux de mon canapé, pleurant doucement. La boule de trac qui s'était coincée dans mon ventre se liquéfie en pur bonheur. Je suis fière d'être parvenue à transmettre mon message et mon émotion. Je décide de garder ce son. À chaque fois que je le chante sur scène, je suis terriblement émue. Évidemment davantage quand ma maman se trouve parmi les spectateurs.

Pour le titre qui parle de ma relation avec mon père, je cherche de la douceur, comme celle qui nous unissait quand j'avais quatre ou cinq ans. Comment la traduire trente ans plus tard ? Une idée me vient : insérer un véritable dialogue issu d'un des nombreux films familiaux que mon père avait tournés à l'époque. À l'ouverture de « Je te l'écris », nos deux voix se répondent :

« Camille !

— Tu me vois, papa ? »

Quelle étrange expérience que celle de se remettre dans sa peau d'enfant ! Philippe Lézin, le réalisateur du documentaire *Authentique*, me suit alors presque partout. Il rencontre mon père et lui fait écouter cette chanson, et comme sa réaction tarde à venir, il insiste :

— C'est tout ce que ça vous fait ?

— Oui, c'est bien.

Il reste fidèle à sa manière de m'aimer : il est avare en actes et en paroles. Sans doute par pudeur. Il n'avait déjà eu aucune réaction lorsque je lui avais appris la violence de E. à mon encontre, alors une chanson... Tout de même, depuis que je suis devenue mère, j'ai de plus en plus de mal à le comprendre. Comment peut-on ne pas réagir quand il s'agit de son propre enfant ? Mais je l'aime quand même, comme toutes les petites filles aiment leur papa.

Quelques mois avant la parution de l'album, le 3 décembre 2020, je décide de sortir un single, « Je remercie mon ex ». En une semaine, il est visionné sept cent mille fois sur YouTube. L'accueil est plutôt bon, jugé à mon image « insolent et percutant », ou, comme un tube, impossible à se sortir de la tête. Le test est réussi.

Le cercle vertueux se poursuit avec une nomination de « Mais je t'aime » aux Victoires de la musique, dans la catégorie Chanson originale. La cérémonie se tient le 12 février à La Seine Musicale de Boulogne-Billancourt. La salle brille de mille feux. Je porte une combinaison noire qui dénude, par un jeu de bretelles croisées, mes épaules et ma taille. Un feu d'artifice de lumières illumine la scène et des bulles de champagne dorées semblent éclore derrière les animateurs, Stéphane Bern et Laury Thilleman. Pour accueillir notre duo, l'ambiance se mue dans un frisson bleu. Un frisson identique à celui qui parcourt mes bras nus. Bleu comme les yeux et la veste de Fabien. Des dessins « one line » de visages, projetés en fond de scène, illustrent l'universalité de ce que nous chantons. Le parterre des spectateurs étincelle d'un océan de nacres, comme autant de chandelles pour nous porter chance. Juste avant la proclamation du résultat, la tension est à son comble. Je ne veux pas y croire, ce serait trop beau. Milan, le neveu de J. R., le producteur de Grand Corps Malade, n'est déjà plus assis, persuadé que nous allons gagner. Je lui demande de se calmer. Quelle honte ce serait de le filmer prêt à se lever, si nous ne sommes pas élus ! Je n'entends pas notre nom, le trac m'a rendue sourde. Fabien fait un signe de victoire avec les mains. C'est nous ! C'est vraiment nous ! Nous avons remporté la Victoire de la chanson originale. Je me dresse d'un bond et j'atterris dans les bras des uns et des autres. Un grand moment de partage d'adrénaline et d'endorphine mêlées. Je suis si émue que j'en perds toute coordination de mouvements et même une boucle d'oreille. J'arrive sur scène dans une sorte de bonheur désordonné. Ma voix chevrote des remerciements. Je ne parle que des restrictions sanitaires que nous vivons et de l'espoir de retrouver les scènes ouvertes. Notre chanson a été élue par le public. En un instant, je suis submergée par les larmes d'une émotion immense. À la fin de la cérémonie, je serre le trophée doré contre le gros pull en laine que je viens d'enfiler. C'est très joli, ces tenues de gala, mais il vaut mieux ne pas être frileuse !

Cette chanson me donne pleinement la légitimité que j'attendais en tant que musicienne et artiste-interprète. Un déplacement dans l'esprit des gens commence à s'opérer, je ne suis plus seulement celle qui amuse avec ses bonnes blagues. Je suis chanteuse, comédienne et humoriste, et je compte bien mener les trois métiers de front, n'en déplaise à ceux qui ont la manie des étiquettes. Mon premier amour restera toujours la musique. Elle est ma meilleure amie, celle qui me protège, celle qui m'a sauvée de mes complexes. Je détestais tellement mon corps que je le faisais disparaître sous des vêtements informes. Quelques accords sur mon piano à queue et je me sentais puissante et pleine d'assurance. J'ai toujours un piano sur scène, mais ce n'est pas celui qui m'a accompagnée pendant tant d'années dans l'appartement familial et que j'ai dû vendre quand ma mère a déménagé. De toute façon, je n'aurais jamais pu lui dédier une place dans mes petits logements de banlieue puis parisiens…

En te voyant te déhancher sur les notes de jazz, de musiques africaines ou moyen-orientales qui s'échappent de tes livres sonores, je crois bien que tu as hérité de cet amour inconditionnel, ma fille.

Je souhaite sortir « N'insiste pas » pour la Journée internationale des droits des femmes, le 8 mars 2021. Matthieu Belliard y consacre son émission *Europe Matin*, sur Europe 1. Je demande à être invitée pour y dévoiler la chanson et exprimer mes idées. Je n'avoue pas que je raconte ma propre expérience. En revanche, je laisse ma colère discourir, tout en la maîtrisant. Rester calme pour être entendue. En substance, je dis : « Oui, avec Me Too, les langues commencent à se délier, mais ce n'est pas assez. Pour en parler, la femme de Lenny que j'incarne dans mon spectacle d'humour ne me suffit plus. J'ai besoin – la société a besoin – de passer à la vitesse supérieure. Je choisis de chanter les paroles « Tu m'as cassé la gueule » parce qu'il est nécessaire de prononcer les mots sans détour. Les femmes ne sont pas prises au sérieux quand elles osent pousser la porte d'un commissariat pour porter plainte. Elles vivent dans la peur, chaque jour, d'être tuées. Ce n'est pas une petite trouille. Les violences peuvent arriver à tout le monde, sans exception. » Au moment où je lâche ces mots, je comprends que tout auditeur un peu fin comprendra que je parle d'une histoire personnelle. Mais je ne rajoute rien. Il n'est pas encore temps.

Quelques jours après, je retourne sur le plateau de *The Voice* pour promouvoir le single. Je me sens à la maison avec eux, ils m'accueillent comme un membre de la famille. Je retrouve l'équipe maquillage, les techniciens, les assistants de production. Je suis accompagnée par mon ami Yaacov, le pianiste, qui connaît mon histoire par cœur, ce qui me permet d'être tout entière à l'interprétation. L'émotion monte en puissance, mais je contrôle mes pleurs, seule ma voix véhicule les brisures qui m'habitent. Dire que je n'arrivais pas à retenir mes larmes dans les loges juste avant de monter sur scène !

Au cours du dîner qui précède le tournage de l'émission, je fais écouter quelques titres de mon album à Florent Pagny. Il plante son regard futé dans le mien et dit : « T'écris bien, mon con ! » Puis il pivote sur ses talons pour reprendre sa casquette de jury. Je le regarde s'éloigner, émue. Il ne pouvait pas me faire davantage plaisir avec cette expression populaire ! À la fin de la journée, nous partageons une bonne bouteille de vin que Florent a apportée en se remémorant les anecdotes de la saison 4. Par exemple, avec Anne Sila, nous nous rappelons notre parodie de Céline Dion, deux phrases d'imitation glissées dans notre chanson commune, devant le jury qui avait bien saisi le clin d'œil.

La période que nous avons traversée a été une des plus difficiles de ma vie, Alma. Être confinée signifiait pour moi être seule. Une humoriste dans sa salle de bains ! Quand les lieux extérieurs ferment, que le travail est quasiment au point mort, on retrouve l'importance d'être entourée par ses vrais amis, de choyer son intimité. J'espère, ma fille, que cette période restera exceptionnelle et que ta génération ne connaîtra jamais ça. Mais j'avoue avoir une certaine appréhension...

À l'automne suivant, la vie reprend progressivement. Je rencontre le père de ma fille, le 2 novembre, à Marseille. Il m'aidera à réduire ma consommation d'alcool et m'accompagnera désormais à gravir et dévaler les montagnes russes de mon métier.

Mon album *A* sort le 26 novembre 2021. Je veux une couverture très esthétique pour bien séparer Camille l'humoriste de Camille la chanteuse, qui aime l'élégance et la sobriété. Nous faisons appel à un photographe de mode, Écoute Chérie, qui propose un cliché noir et blanc aux lignes épurées.

C'est un mix de variété française, de R'n'B, de musiques urbaines. Je n'ai pas choisi de favoriser une tendance musicale, cet album doit refléter toutes les influences qui habitent mes compositions.

Il ne bénéficie pas de la même couverture radio que le duo avec Grand Corps Malade. Je m'agace de ne pas bien comprendre pourquoi. Malgré tout, trente-trois mille exemplaires sont vendus. Le disque d'or arrivera bientôt. Quant aux larges ventes de CD et de vinyles, elles sont flatteuses.

Un an plus tard, ma vie s'est embellie.

J'écris de nouveaux morceaux que je teste auprès de mon public favori – ma mère, mon frère et mon compagnon. J'en envoie deux ou trois et ils me donnent leur préférence. La réédition de l'album, le 18 novembre 2022, sonne plus joyeusement.

Les dates de la tournée ont été repoussées deux fois à cause du Covid. Finalement, quatorze dates sont programmées au début 2023, dont trois jours à l'Olympia les 10, 11 et 12 février.

Un moment exceptionnel. Déjà, voir les seize lettres de mon nom briller de leur lumière rouge au-dessus de la salle mythique fait accélérer les battements de mon cœur. Les loges, comme tout le bâtiment, respirent les esprits de tous les grands artistes qui y sont passés. L'ambiance est chargée, je ne chanterai pas toute seule ! Trois soirées magiques. Comme celles que j'avais vécues pour mon spectacle d'humour, mais cette fois en musique, c'est encore plus puissant. J'aurais adoré rester un mois en résidence.

Dans mon concert, j'incarne corps et âme les titres que j'interprète, comme le faisaient mes chanteurs référents – Édith Piaf, Barbara, Jacques Brel, Charles Aznavour… Ils sont si vivants en moi que souvent me vient l'idée d'un album de reprises de leurs chansons. Pas tout de suite. J'ai beaucoup à faire avant.

Je ressens le trac moins violemment que lors des spectacles d'humour. Sans doute parce que la musique, c'est mon ADN, mon art. Et je la maîtrise mieux que tout le reste. La fin d'un concert ne ressemble pas non plus au baisser de rideau de *Camille en vrai*. Aucune larme de relâchement ne coule. Je me sens apaisée, heureuse. Incroyablement calme.

Je ne veux pas faire de choix. J'ai envie d'avoir un pied dans les trois domaines. Je refuse d'être coincée dans une case. Je ne veux pas renoncer.

Tenir bon

Regarde-moi ces yeux d'amour tout fatigués ! Allez, je vais te coucher, ma boulette.

Nous pénétrons dans la douce pénombre de la chambre d'Alma, les rideaux encore tirés depuis le repos du matin. Tout est prêt. La veilleuse en forme de baleine piquetée d'étoiles est allumée, Chopin en fond sonore. Quoi de mieux que Chopin pour apaiser un enfant ? Je glisse ma fille dans la gigoteuse fleurie qui l'attendait sur la table à langer. Voilà, les conditions sont réunies pour plonger dans de merveilleux rêves. Je l'embrasse sur la tête, sur la joue et dans son petit cou potelé, un dernier sourire qu'elle me rend magnifiquement et je la quitte sur un « Dors bien, ma fille ! À tout à l'heure, je t'aime ». Je ne lui dis jamais « au revoir », c'est ma façon de lui indiquer que je vais vite revenir. Depuis le temps, elle comprend !

Assise sur mon canapé, je contemple Alma dans son lit par l'écran interposé du babyphone. Voici un rituel dans lequel j'ai dérapé, mine de rien, depuis six mois. Je la dépose dans sa couche puis, invariablement, je la regarde quelques minutes. Je m'attendris quand elle gigote, je souris à ses gémissements, je fonds devant ses acrobaties ou chaque fois qu'elle fixe la caméra qui la surveille. Le spectacle qu'elle me donne est digne des meilleures séries. Je pourrais sans doute arrêter les abonnements aux plateformes de streaming. Je suis comblée en « live ».

Je n'aurais peut-être pas dû te laisser ta peluche éléphant. Elle est aussi grosse que toi ! Elle risque de t'empêcher de dormir. Hop, tu la poses en équilibre sur ton nez. Oups, elle va tomber… et si elle te déçoit, tu vas encore l'envoyer valdinguer sans aucune pitié ! Le suspense est à son comble. Je ne respire plus… Ah non, tu as réussi à la rattraper. Bravo, ma fille, tu sais persévérer !

Mon ventre me tiraille soudain. J'ai faim. Je suis si envahie d'amour et de fierté que j'ai, une fois de plus, oublié de manger.

Je regarde mon corps dans le grand miroir au-dessus du canapé. Il ressemble davantage à celui de la femme enceinte qu'à celui de la comédienne-chanteuse. Ce n'est pas tant mon allure ou mes sept kilos en trop qui me gênent aujourd'hui, c'est la tonicité qui semble s'en être évaporée. Peut-être est-elle passée par magie dans le petit corps de ma fille ? Je scrute avec sévérité cet avachissement général. Les seules tractions que j'effectue sont les soulèvements du berceau à mes bras et de mes bras à la table à langer d'un splendide bébé en guise de poids, entre trois kilos et demi et sept kilos selon les âges. Avec mon double menton et mon alopécie galopante, je gagne haut la main le concours de la maman shar-peï la plus sexy du chenil. Aucune femme n'est préparée à cette transformation post-partum. On a beau avoir entendu ou lu des témoignages et se déclarer prête, cela constitue une véritable surprise… que l'on contemple, incrédule, du haut d'une montagne d'épuisement. Je commence à peine à sentir mon corps depuis l'accouchement, c'est en phase d'amélioration mais cela reste insuffisant. Je m'endors toujours lovée contre le coussin d'allaitement. Je pense qu'il va me falloir un an pour me déshabituer. Mon objectif est de perdre cinq kilos. Je m'apprécie à ce poids-là, un peu plus élevé que celui d'avant la grossesse. En attendant, je m'habille en jean. Les jeans, ça tient bien le ventre relâché, les cuisses molles et la peau qui pendouille.

Si je ne prends pas soin de mon corps maintenant, si je ne me remuscle pas et que je continue à me nourrir n'importe comment, autant que j'enchaîne une deuxième grossesse. Allez hop, un deuxième enfant, finie la carrière et je deviens maman à temps plein ! Je plaisante, évidemment…

Je dois tourner un film dans deux mois au Maroc et les concerts reprennent à la fin de l'été. Soixante jours… C'est un peu rapide pour retrouver une silhouette et une forme olympique.

Mon corps, c'est mon outil de travail. Je ne peux pas m'autoriser à être essoufflée, fatiguée ou malade. Je vais rappeler Akim, le coach sportif qui m'entraîne depuis plus de cinq ans.

Avec lui, j'ai suivi des sessions d'une heure de sport intensif, musculation, cardio, quatre à cinq fois par semaine.

Le sport a constitué mon principal pilier pour trouver mon équilibre. Pratiquer régulièrement m'a permis de contrôler ma consommation d'alcool. Impossible de boire jusqu'à l'ivresse ni de trop fumer pendant une soirée quand je sais que, le lendemain, je vais souffrir pendant la séance d'entraînement. J'ai ainsi pu survivre à quelques épisodes de déprime que j'aurais, en d'autres temps, un peu trop arrosés. Le sport est le meilleur des exutoires, jusqu'au moment où la maternité prend le relais. Depuis B. et la naissance d'Alma, je bois très peu. La grossesse est un bon moyen de se sevrer. Les fortes nausées, sept jours sur sept et vingt-quatre heures sur vingt-quatre, donnent une sorte de « gueule de bois » qui dégoûte de toute soif d'alcool. Je ne suis pas restée sobre pour me plier aux injonctions médicales, mais bien pour ne pas abîmer *ma petite boulette de falafel*. Depuis la fin de l'allaitement, je m'autorise à boire de l'alcool, mais pas tous les jours, et en cherchant toujours un plaisir sain. Loin de moi l'envie de me mettre la tête à l'envers comme avant. Au deuxième verre de rosé, je me sens déjà pompette. Mon compagnon m'a fait comprendre qu'il lui serait impossible de partager la vie d'une personne qui consomme trop d'alcool, qui ne sache pas dominer sa soif d'un cocktail, d'un verre de blanc ou d'un shot. J'ai fait mon choix. Le bon. Alma et lui m'équilibrent. Alma est mon bâton de lumière. La détermination de B. quand il observe le jeûne du ramadan m'inspire. La force de caractère des êtres humains me fascine. J'ai envie de développer cette puissance. Grâce à mon compagnon, j'y parviens de mieux en mieux. En devenant persévérante, solide, j'ai l'impression de faire honneur à mes grands-parents. Ils seraient fiers de moi.

Le babyphone se met à clignoter. Alma s'agite. Un petit cri, un autre. La sieste aura été courte. Je n'ai même pas eu le temps de me reposer que toi, ma fille, tu as rechargé tes batteries. C'est magnifique, la jeunesse.

J'arrive, ma boulette. Oh, mais tu m'offres un large sourire, dis-moi, tu es très en forme. Pas comme maman !

Tandis que j'installe Alma sur la table à langer pour la changer, elle frappe avec ardeur sur le plateau en bois.

Mais c'est bien, ça, tu joues du djembé, maintenant. Tu vas devenir une grande artiste, ma fille, je te le garantis.

Je coince la percussionniste sur ma hanche gauche, direction la machine à doser les biberons.

Merveilleuse invention. Je dépose le biberon sous le verseur, je sélectionne le bouton « 180 ml », puis la température « ambiante ». En trois secondes et demie, le biberon est prêt à être avalé. C'est absolument parfait pour les mamans qui, comme moi, ont une tête un peu trop pleine et une certaine aversion pour les mathématiques. Les femmes de la génération de ma mère trouvent l'appareil inutile, parce qu'il est soi-disant « facile » de mesurer le lait et l'eau. En revanche, en déplacement, je n'ai pas d'autre choix que de noter les doses. Trente millilitres multipliés par le nombre de cuillères de lait qu'Alma ingère suivant son âge... ou plutôt ses mois. Stop ! Les calculs, ce n'est pas mon truc.

Nous nous installons dans le canapé pour le repas d'Alma et nous pouvons revenir aux vertus du sport. Dès l'adolescence, j'ai été complexée par ma maigreur, ma modeste poitrine, mon absence de formes féminines. Je n'étais ni une poupée blonde ni une poupée brune. Raisonnablement mignonne. « Peut mieux faire », de la même manière que sur mes bulletins. Mon corps disparaissait dans des vêtements noirs et amples et, pour attirer l'attention, je faisais le clown, je chantais, je jouais des personnages. Avec ce corps d'enfant, personne ne me considérait comme une femme, juste la petite sœur de mon petit frère.

Je me souviens de l'impatience avec laquelle j'attendais d'être amoureuse. J'ai partagé le premier *smack*, ou bisou sans la langue, avec le voisin de la résidence de Sainte-Maxime. C'était doux et léger, nous nous étions cachés sous l'ombre apaisante de notre saule pleureur.

Puis, bien plus tard, pendant mes années collège, il y a eu la galoche, avec David. J'ai failli vomir. J'ai cru que j'allais mourir.

Voilà la vie amoureuse ? Tenir le plus longtemps possible avec la langue de l'autre dans la bouche ? Quel enfer.

J'imagine que j'avais le béguin. Pour lui, il s'agissait plutôt d'une séance d'instruction. Nous nous retrouvions avec les copains chez Pierre. On fumait des cigarettes, les garçons regardaient des films X. Mélissa et moi, dégoûtées, les trouvions moches, malsains. On ne regardait pas du coup.

Je n'ai plus embrassé personne pendant un bon moment après ça. Je suis restée éloignée des jeux amoureux. L'intimité est arrivée beaucoup plus tard.

Pendant ma relation dévastatrice avec E., j'ai encore maigri. Pour me remplumer, je portais des leggings sous mes jeans et une sorte de maillot sans manches, en matière stretch, qui me couvrait le buste jusqu'au-dessous des fesses, glissé entre un deuxième T-shirt et mon pull.

Et puis la boxe est arrivée dans ma vie et cette pratique m'a littéralement sauvée. Elle m'a aidée à me former un corps qui me plaisait, bien tonique, avec de jolis muscles dessinés. J'ai découvert mes capacités. Je n'aurais jamais imaginé pouvoir faire des pompes. Voilà comment s'est fondée ma confiance en moi.

Akim est également un bon coach mental pour moi. Ma foi en lui est inébranlable. Il se comporte en chevalier qui m'offre volontiers sa loyauté. Je peux m'énerver sur ses exercices, crier, pleurer même, si j'en ai envie. On pourrait dire qu'il fait office de thérapeute. Il a aussi l'avantage d'être un homme. Je m'entends bien avec les hommes, je recherche leur présence, leur savoir. Sans doute la fierté dans leur regard, celle que je n'ai pas lue dans celui de mon père. Il faut savoir qu'il ne m'a dit qu'une seule fois qu'il était fier de moi. C'était quand je suis sortie de scène après avoir joué *Camille en vrai* à la Salle

Pleyel. Un vrai moment d'émotion et surtout un soulagement.

Allez, je me lance. Un texto. « Hello, quand es-tu dispo pour que je reprenne le sport et forme humaine au plus vite ? » Réponse rapide. Je redémarre dans deux jours. C'est parti.

Akim m'a proposé un retour tranquille, deux séances par semaine. Si je recommençais à un rythme intensif, je me casserais en mille morceaux. J'ai besoin de retrouver mes muscles profonds. De me sentir gainée, droite. Ici, là et encore là, de la cellulite ! du relâchement ! du flasque ! Je suis impressionnée par mon niveau de mollesse.

En attendant, qu'est-ce que je vais commander pour me nourrir aujourd'hui ? Avec l'arrivée de ma petite boulette, j'ai perdu l'énergie de cuisiner. Je m'y remets petit à petit, juste pour elle, la chanceuse, parce que le pédiatre nous a conseillé de diversifier ses repas. J'achète des légumes et des fruits bio et je lui concocte des purées et des compotes. Pour mon compagnon et moi, je suis encore trop fatiguée et trop prise par le temps. À la maison, c'est la fête à Uber Eats !

Je décide de commander quelque chose de sain, pas trop gras. Un bol de riz blanc. Voilà qui est bien. Le riz blanc, ça n'a jamais fait grossir personne. Je regarde les menus. Les burgers que je vois du coin de l'œil m'appellent. J'adore les énormes burgers. Je suis tentée… J'entends la voix de mon ange de vertu, celui qui est vêtu d'une petite robe blanche et qui porte une auréole sur la tête : « Non, Camille, sois raisonnable, ne craque pas ! » Très bien, je résiste au hamburger, je vais m'offrir un hot dog bien charnu. Ou même deux… Tant que je n'aurai pas repris le sport, je n'aurai aucune motivation pour manger sainement.

En période de travail, je contrôle mes repas. Avec rigueur, je dépasse mon tempérament gourmand. Je dois me sentir au mieux dans mon corps. Bouger sans me fatiguer. M'arrêter essoufflée après une vanne ? Impensable ! Je n'avale que des légumes, des fruits et de la viande blanche, par exemple du blanc de poulet. J'évite le gluten et l'eau gazeuse qui me rappellent que j'ai plus de trente ans en me faisant gonfler le ventre. Le plus difficile est de supprimer les pâtes et d'oublier la faim. Veiller à une bonne alimentation l'été m'est plus naturel parce que j'adore les salades bien fraîches.

Une fois par semaine, je m'autorise un *cheat meal*, c'est-à-dire un moment de liberté totale où j'ai le droit de manger CE QUE JE VEUX !

Dans deux jours, ce sera comme avant : boxe anglaise, CrossFit, cardio-training, reprise du régime hyper contrôlé. Je suis extrême, je l'avoue.

Bon, allez, je prends un deuxième hot dog.

Oh, j'ai failli me tromper et envoyer le livreur chez mon coiffeur ! Quand ça t'arrive, tu attends, tu attends... et ça ne vient pas. Tu vérifies sur l'application et tu te rends compte que tu as été livrée ailleurs !

Alma n'arrête pas de babiller depuis qu'elle a terminé son biberon. Comme je suis surefficiente, ma concentration est happée par ses bruitages. Et puis elle continue, elle bavarde, elle bavarde...

Ah ! Je ne me languis pas de lire tes bulletins scolaires. « Bonne élève, mais bavarde au fond de la classe. Quel dommage ! Elle a du potentiel, pourtant... » Comme ta mère.

Je suis envahie par une pensée pleine de solidarité envers mes parents qui ont lu ce commentaire tout le long de ma scolarité, et par un sentiment légèrement revanchard envers mes enseignants les plus vaches, qui menaçaient de m'envoyer en CAP Coiffure quand je coiffais mes cheveux pendant les cours. Pour ma fille Alma, je choisirai la meilleure école, celle où les professeurs ne seront ni frustrés ni jaloux et où les avertissements ne pleuvront pas à tout bout de champ sur les élèves libres ou différents.

Les erreurs stupides, comme renseigner la mauvaise adresse de livraison, m'arrivent aussi parce que je fais tout très vite. À l'image de ces huit ou neuf dernières années, qui sont passées en un clin d'œil. J'ai connu un succès rapide et très fort, d'un seul coup, après avoir attendu longtemps. J'étais constamment occupée, débordée je dirais, en dehors des périodes où tout s'est arrêté à cause du confinement ou des mesures restrictives liées à la pandémie de Covid. Dans ces climats un peu spéciaux, il a fallu tenir, ne pas céder à la déprime. Même sans projet. Organiser le continuum de l'humour. Surveiller les publications sur les réseaux sociaux. Poster. Être connectée tout le temps.

Et rebondir, encore et toujours.

Pour ça, la seule solution est de travailler sans cesse.

Alma se tait subitement.

C'est parce que je viens de prononcer le mot travailler que tu te mets à m'écouter, mon cœur ?

Ses grands yeux plongent dans les miens. Vertige de l'amour.

Le mot est tellement important pour moi que l'entendre haut et fort te captive ? Tu as tout compris, ma fille. Le travail a constitué la base de mon éducation et ce sera celle que je vais te donner aussi. Tu seras travailleuse, ma fille.

Travailler sans cesse, disais-je. Mon corps, mon esprit, ma voix. Le sport s'occupe du corps. Pour l'esprit, je m'ouvre à tout ce qui peut survenir et je joue au ping-pong de l'humour avec quelques amis. J'entraîne ma voix régulièrement en suivant les conseils de Damien Silvert. Avant chaque enregistrement et chaque concert, je suis la routine vocale que nous avait enseignée ce coach de l'ombre de *The Voice*. Il m'a été si précieux qu'il reste présent dans ma tête, mon cœur et mon corps dès que je dois échauffer ma voix. Je répète des sons étranges qui ouvrent les résonateurs, le palais, les lèvres. Si vous m'écoutez, vous entendez des « ouiiii, ouiiii, ouiiii », des « mia mia mia mia ma », « lo allo allo », ou le chant de la cigale qui muscle le diaphragme.

Garder le cap du succès sur plusieurs années requiert de faire de bons choix et de conserver un entourage bienveillant – ma famille et quelques amis. Ce sont eux qui m'apportent cet équilibre venu de l'extérieur dont j'ai besoin.

Ma réussite a pu effrayer certains humoristes. Même les plus puissants. Aussi incompréhensible que cela puisse paraître, j'ai ressenti à mon encontre une forme de jalousie qui pouvait aller jusqu'à me fermer des portes. Pourquoi me craindre quand on possède soi-même la gloire et l'argent ? Ces attitudes me révulsent. Occupez-vous de vos quatre-vingt-quinze Bercy et laissez-moi vivre en paix ! Je ne traiterai jamais une nouvelle venue dans le métier comme il y en a qui se sont comportés avec moi. Au contraire, je la prendrais sous mon aile, je lui enseignerais quelques trucs. Je sais qu'il n'est pas évident de maintenir sa place dans le peloton de tête de l'humour. Quand j'étais au pic de mon succès, une foule gravitait autour de moi. Je croulais sous les : « Je voudrais qu'on travaille ensemble ! On se voit quand ? » Puis, lorsque j'ai dû traverser des périodes difficiles, ou à l'époque où je suis passée à la musique, tous, ou presque, ont disparu !

Ma manière de mettre en scène l'humour, mes improvisations sur scène, les selfies sur scène, avec le public, certaines gestuelles, le *jump cut*, tout a été massivement repris par d'autres. Cela crée parfois des confusions. Récemment, j'ai lu un commentaire sur la Toile : « Camille, pourquoi tu copies sur *elle* ? » L'internaute faisait référence à une jeune humoriste qui utilisait le même type de mouvements que moi. J'ai eu envie de répondre : « Pardon ? Bande d'abrutis chauds, qui vole qui, là ? » J'ai préféré le silence. J'ai tout de même reposté une vidéo de mon premier Zénith et la date de celui-ci. Afin de montrer subtilement que j'avais usé de cette gestuelle avant qu'*elle* ne pose un orteil sur une scène.

Le culot de certains me trouble… et m'abîme un peu. Mais je pense à Coco Chanel qui disait : « Volez-moi mes idées, j'en aurai d'autres. » Et je m'accroche à l'agréable sentiment de déceler mon influence sur les nouvelles générations. Je suis la première humoriste féminine à avoir joué (avec son premier spectacle) sur les planches des Zénith français. Qu'on ne l'oublie pas, quand même !

Le revers de médaille de la notoriété est parfois violent. Par exemple, dès qu'un événement grave se produit, qu'il soit national ou international, je reçois des injonctions à prendre position. Pourtant je suis humoriste, artiste, chanteuse... pas journaliste, ni ministre, ni experte. Je n'ai pas à donner mon avis, il est privé. Je ne saisis pas en quoi il ferait avancer les débats publics. Le harcèlement peut alors devenir très violent, allant jusqu'aux insultes ou menaces. Certains retournent leur veste : un jour ils postent « Je t'adore, tu es la meilleure » et le lendemain ils déversent un flot d'injures car je n'ai pas répondu à leur demande. Je ne suis pas à votre service, messieurs-dames. Je reste seulement à ma place.

Les conflits internationaux constituent un sujet trop sensible. Je me dois de faire attention à ma sécurité, à celle de ma famille et de mon public. J'ai déjà reçu des menaces de mort. Désormais, avant de répliquer instinctivement à un post haineux, je pense à ma fille.

Le secret pour tenir la route, Alma, c'est de préserver ce qui est sacré. Pour moi, c'est la famille et les amis de toujours.

Quand tu entres dans un milieu comme le mien, les trois quarts des gens que tu rencontres sont peu fiables en amitié, car ils n'ont qu'une obsession : leurs propres intérêts. Évidemment, et heureusement, j'ai connu des exceptions. Mais ce qui me fait durer, c'est de m'être rapprochée de mes amis de longue date, ta marraine Mélissa et Jérôme. Je suis contente de ne pas les avoir lâchés malgré l'incontournable éloignement de nos vies. Il est plus facile, si l'on place son travail avant tout le reste, de fréquenter les membres de son entourage professionnel. Nous habitons tous à peu près le même quartier, nous partageons des habitudes identiques, un cercle de sorties restreint. Malgré tout, le lien s'est maintenu fortement avec Mélissa et Jérôme, qui m'ont offert chacun d'être la marraine de leur enfant et qui étaient présents dans les bons moments comme dans les pires, quand j'ai perdu mon grand-père. Je me ressource auprès de leur authenticité, de leur franc-parler, de leur amitié inconditionnelle.

Chéris les relations sincères et profondes, Alma. Voilà mon conseil pour garder le cap quels que soient les aléas de la vie.

Ne jamais s'arrêter

Vendredi 21 avril 2023. La veille, Blanche Gardin a posté un message. Elle y rend publiques les motivations de son refus à participer à la quatrième saison de *LOL : qui rit, sort !*.

Elle désapprouve les « deux cent mille euros » que lui aurait proposés Endemol, la société de production de l'émission, pour « une journée de travail », tandis que l'association gagnante n'empoche que cinquante mille euros.

Pourquoi a-t-elle lancé ce missile sur l'ensemble de ses collègues ? En voulant atteindre la plateforme de diffusion, elle nous a tous discrédités ! Trente comédiens et humoristes ont déjà joué dans cette émission. Elle nous fait passer pour des escrocs modernes, ce que nous ne sommes pas. En France, évoquer argent et salaire n'est pas bien vu. Les artistes engagés sur *LOL* n'ont pas touché les sommes dont elle parle, pas ceux de la saison 2 en tout cas. Et si le cachet réellement négocié peut encore paraître démesuré, on ne doit pas oublier qu'il faut déduire les charges et les impôts. Ce que le comique reçoit en fin de compte n'est pas si exorbitant. Pourquoi Blanche Gardin n'a-t-elle pas encaissé son argent pour le redonner par la suite à l'association de son choix ?

Mon agent hésite à accepter ma collaboration au spin-off. Il devrait être enregistré dans quelques semaines et diffusé pour Halloween. J'aimerais participer afin d'apporter des fonds pour une association d'aide aux enfants souffrant d'un cancer. Après réflexion, je signe le contrat. *LOL : qui rit, sort !* est une émission de divertissement. Cette mission fait partie de mon travail. Je suis rémunérée en contrepartie. Je ne fais pas de bénévolat, sinon comment vivre ? Deux journées sont prévues : une de tournage, une d'interview. Je suis impatiente à l'idée de retrouver des partenaires généreux comme Ahmed Sylla et Gérard Darmon (avec qui je jouerai pendant un mois cet été dans le film de Frank Bellocq, *Fiona avec un A*) et aussi de gagner à nouveau, peut-être cette fois-ci avec Kyan Khojandi !

Revenons sur ce contrat. Il s'agit bien d'un travail pour lequel chacun des artistes est rémunéré selon un cachet négocié entre son agent et la production. Je tiens à le préciser pour lever toute confusion dans l'esprit des lecteurs. Si le tournage est concentré sur une longue journée (un peu plus de douze heures), l'activité des candidats commence en amont. Les acteurs restent une douzaine d'heures sur le plateau, mais la performance se prépare avec des séances d'écriture préalables, des répétitions, auxquelles s'ajoute l'obligation d'enregistrer des vidéos de promotion.

N'aie jamais honte d'être payée pour le travail que tu auras fourni, Alma. Toute tâche accomplie consciencieusement mérite salaire, ne l'oublie pas, quoi qu'on te dise.

En 2021, pour donner suite au succès de la première saison, Endemol m'approche pour m'expliquer le concept de l'émission.

Dix professionnels de l'humour sont enfermés dans un studio et doivent résister au rire. À chaque manquement, le présentateur-arbitre, le comédien Philippe Lacheau, attribue un carton jaune au comique fautif. Après deux cartons jaunes, le participant est exclu. Chacun dispute le match pour une association. Celle désignée par le gagnant touche cinquante mille euros, les autres cinq mille.

Sans hésiter, je sélectionne alors une association qui aide les femmes victimes de violences : la Fondation des Femmes. Pour moi, sa contribution est essentielle. Elle accueille des femmes en détresse, assiste et informe celles qui en ont besoin, crée du lien entre femmes.

Une fois mon accord donné, j'ai en main les règles du jeu.

Je commence par imaginer ma carte joker.

La carte joker est une carte blanche au sens où la production laisse les participants totalement libres de leurs choix. Les possibilités sont presque illimitées : le thème, les accessoires, les invités potentiels, etc. Enfin, on ne peut tout de même pas obtenir Brad Pitt !

J'ai eu l'idée d'utiliser le chant qui me permet une mise à distance de mon propre rire et de rester concentrée. De commencer un morceau très sérieusement puis de faire venir une bonne blague.

J'ai demandé à avoir Yaacov Salah, mon pianiste, pour m'accompagner. Avec son frère Meïr à la batterie, ils ont composé la moitié des titres de mon album. Notre amitié est née dès notre rencontre, il y a quinze ans, au Fresh, un bar à chicha du 11e arrondissement de Paris, où

Slimane organisait des scènes ouvertes tous les lundis. On chantait, on buvait. De sacrées fêtes jusqu'à 7 heures du matin. Nous étions une bande d'artistes en manque de succès.

Pour ma carte joker, je m'habille en tailleur-pantalon blanc très sobre et je réclame discrètement un très, très grand gode ceinture à glisser sous mon pantalon. Au cours des répétitions, je commence à chanter, puis je m'approche du piano et Yaacov découvre mon accessoire outrancier. Je repère dans ses yeux des larmes de rire prêtes à couler. « Ah non, Yaacov, tiens bon ! Ce n'est pas toi, mon partenaire, mon ami de quinze ans, qui va me faire perdre ! »

La production rémunère un auteur pour chacun des participants. Je collabore avec l'auteur Nasser pour préparer mes cartouches contre mes camarades, six ou sept vannes à placer pendant l'enregistrement. J'ai connu Nasser par Alban Ivanov. Sa spécialité, donner vie à des personnages, constitue le cœur de son talent d'écriture, qu'il met au service de l'artiste, comme Alban ou, depuis peu, Ragnar Le Breton. Nous formons une bonne équipe, pas de concours d'ego entre nous, chacun sait s'effacer au profit de la meilleure idée. Nous testons dix blagues et je ne garde que celles qui me font rire et que j'assume de dire.

Je prépare différentes farces : des pancartes avec des surnoms, l'utilisation de faux testicules. Conçus par un technicien 3D, ils sont très réalistes, avec des poils, la pseudo-peau un peu fripée. Une semaine avant le tournage, chaque participant a une journée de répétition, sans ses collègues, pour concocter ses coups à l'avance. C'est à ce moment-là que je découvre le décor et l'immense dressing derrière le plateau. Les chapeaux et autres accessoires y sont à disposition. J'imagine leurs rôles possibles et j'évalue leur force de frappe. Avec lesquels pourrai-je éliminer Gérard Darmon, Éric Judor ou Ramzy Bedia ?

Je connais plus ou moins tous mes adversaires : Alice David, Audrey Fleurot, Panayotis Pascot, Just Riadh, Ahmed Sylla et Melha Bedia. Melha est une amie avec qui nous rions régulièrement pour un rien. Nous décidons, entre nous, de ne pas interagir pour éviter l'explosion hilare qui nous disqualifierait en un rien de temps. Les acteurs sélectionnés peuvent être redoutables, car ils ont appris la maîtrise absolue de leurs expressions. En d'autres termes, ils savent ne pas rire. Mais je n'ai aucune crainte, moi aussi j'ai suivi des cours de théâtre. En revanche, la puissance d'Éric Judor et de Gérard Darmon m'effraie. Je ne peux pas rester de marbre face à leur humour décalé. Je serai attaquante. Ainsi, tout le long de sa présence dans le jeu, je vais enlacer Éric et lui susurrer « Ça va, Julie ? » – la femme d'Éric s'appelle Julie. Cette blague sera finalement coupée au montage !

L'enregistrement commence. Les cartons jaunes pleuvent, mais je tiens bon. La carte joker de Gérard Darmon est irrésistible, toutes ces bestioles habillées pour un défilé…! Je m'étouffe, une petite peluche enfoncée dans la bouche, pour ne pas rigoler. Je crois mourir, je ne vais pas tenir… je vais exploser de rire. Au début du tournage, je parviens à me contrôler aisément, mais avec les heures, la fatigue, le stress, cela devient de plus en plus compliqué.

Je viens de finir ma carte joker au piano. Et là, surprise, Kyan Khojandi, un participant de la saison précédente, arrive. Il s'assied près de moi et relève son T-shirt. Sur la peau de son bras, la tête de mon frère, tatouée. De manière éphémère, heureusement pour lui. C'est hilarant. L'apparition saugrenue du visage de Maxime au milieu de cet enregistrement télé manque de me faire éclater de rire. Mais je contrôle, je contrôle… Un peu plus tard, j'ai du mal aussi à résister aux dents pourries d'Ahmed Sylla.

Dernier épisode. Il ne reste plus que Gérard Darmon et moi. Nous sommes fatigués après avoir tourné pendant douze heures. Je suis en meilleure posture que lui, car je n'ai pas écopé d'un seul carton jaune. Je lui propose de coopérer pour remporter la victoire. Nous convenons de nous regarder dans les yeux et de décompter. Un, deux, trois… et d'éclater de rire tous les deux. Une histoire de confiance…

Ce que nous avons fait. Nos deux associations se sont partagé les cinquante mille euros de gain. Finalement, deux organisations aidées au lieu d'une, c'est une affaire rondement menée.

Tu comprendras, Alma, que la coopération et le respect sont les piliers de la réussite. Tu pourras en user et en abuser, tu n'en tireras que du bonheur.

Je participe régulièrement à des émissions de télévision pour la promotion de mon spectacle, de mon album ou de mes concerts. Depuis *The Voice*, j'ai toujours une bonne raison d'accepter. Je suis devenue une habituée des plateaux de télévision. La plupart du temps, c'est un vrai plaisir d'être interviewée par des professionnels consciencieux et de me fondre dans un cadre bien préparé. Parfois, c'est une autre affaire… comme cette émission où je lâche des blagues que le régisseur envoie sans vergogne dans l'oreillette du présentateur, qui en sort une, face caméra, comme si elle venait de lui ! Quel culot ! Je suis restée interloquée devant ce vol éhonté. Malheureusement, cette pratique est assez courante chez les animateurs à l'humour pauvre. Je n'ai rien pu dire. On n'imagine pas s'exclamer à l'antenne : « Mais vous m'avez piqué ma vanne ! »

En revanche, participer à des émissions de qualité comme *C à vous*, *Un dimanche à la campagne* ou *Clique* me met en confiance. Mes propos ne seront pas déformés ou isolés au montage et le tournage se fera dans la bienveillance et le professionnalisme. Répondre aux questions d'animateurs comme Anne-Élisabeth Lemoine, Frédéric Lopez ou Mouloud Achour, pour ne citer qu'eux, me donne l'impression de bien faire mon métier tout en étant respectée.

Avoir deux millions huit cent mille abonnés Instagram fait de moi une influenceuse, apparemment. Il m'arrive régulièrement des propositions de partenariat diverses et variées. Les sociétés de production passent par mon manager qui vérifie si les produits sont en accord avec mes valeurs et mon image. Je refuse les opérations trop commerciales, les placements et les codes promo pour des produits bas de gamme, surévalués à la vente. Il est possible de toucher trois cent mille euros par mois avec deux ou trois placements de produits. Cet argent facile est indécent !

Cependant, j'accepte volontiers de recevoir en cadeau de beaux accessoires pour mon bébé comme une poussette ou un sac à langer, puis de les citer dans ma story Instagram, parce qu'ils me plaisent et que je les considère comme intéressants à acheter. Ce printemps, je participe à un tournage pour Uber Eats qui s'est associé à *Top Chef* pour « Un repas extraordinaire » préparé par des candidats de l'émission. Les premiers clients partagent leur repas avec une personnalité et diffusent leur expérience en live, comme au bon vieux temps des Zoom du confinement. Les échanges, simples et sympas, portent essentiellement sur la qualité des plats. Au bout de sept dîners d'affilée, avaler une énième bouchée devient un peu difficile ! Mais l'expérience est superbement amusante.

Faire les bons choix, Alma, est au centre de mes préoccupations. Conduire une carrière commerciale tout en restant fidèle aux valeurs de la famille – honnêteté, courage et travail – n'est pas chose facile. Tu devras parfois renoncer à certaines tentations.

En tant que comédienne, j'aime travailler pour le cinéma. J'ai plaisir à me glisser dans l'écriture des autres. Mais je ne perds rien de mon exigence, et si je sens que changer un mot rendrait la séquence plus naturelle ou le dialogue plus en accord avec mon personnage, je me permets de le demander au réalisateur ou à la réalisatrice.

L'énergie du cinéma diffère de celle de l'humour. Rejouer une scène est possible, contrairement au théâtre où l'on ne peut pas refaire. Dans mes spectacles, je fais des mimiques exagérées, je m'amuse à jongler avec des rythmes contrastés. Ce qui est inconcevable sur le tournage d'un film. La caméra perçoit tout, le capte, et le rendu est comme « zoomé ». Forcer le trait fait paraître ridicule. Il est donc nécessaire de jouer dans une retenue permanente.

Le cinéma est étrangement plus épuisant. Nous, les acteurs, alternons de longues périodes d'attente avec des moments où nous devons être prêts et dans la vitalité du rôle en un claquement de doigts. Cette alternance de *on-off* fatigue physiquement.

Dans une scène du film *Brillantes*, mon personnage devait être saoule et en pleurs. Régulièrement, la caméra était coupée pour des problèmes d'ordre technique. Et, avec elle, mon élan. Impossible de faire des allers-retours entre l'état détendu de Camille naturelle et celui du rôle. Une fois mise en boîte, j'étais restée dans cet état d'ébriété et de tristesse une heure durant. Quelque temps plus tard, on m'a rapporté que le directeur de production s'était demandé si j'étais vraiment ivre. Je suis allée lui répondre moi-même.

— Merci pour le compliment. En même temps, je ne sais pas comment je dois le prendre. Tu veux sentir mon haleine ?

— Quoi ? Jamais de la vie ! Qui s'est permis de dire un truc pareil ? Je sais très bien que tu joues. Merveilleusement bien, d'ailleurs…

Ma manière assez relâchée de me comporter dans la vie peut prêter à confusion. Certains en déduisent assez vite un lien avec mon travail, ils doutent de mon investissement et m'imaginent dilettante ! Mais non, je suis cool et forte ! Je travaille beaucoup pour être le plus détendue possible.

Pour apprendre mes textes, je prends une quinzaine de jours pour tout mémoriser bien en amont du tournage, à raison de quinze pages par jour. J'ai une mémoire visuelle, alors je lis, je relis, je relis encore. Puis je le prononce à voix haute en cachant les répliques avec une autre feuille. Dès que je peux dire mon texte deux fois sans faute, c'est que c'est imprimé, je passe à autre chose. Un mois à l'avance, je connais tout par cœur. Jusqu'au tournage, je relis plusieurs fois, je répète, je colle des Post-it sur les pages où je joue, j'y stabilote mes répliques.

À l'école, j'avais des facilités pour apprendre, ce qui me valait toujours 10/10 en récitation. J'aime le défi de la mémoire. Je mémorise mieux de gros pavés que des petites répliques isolées. Dans le film *Damien veut changer le monde*, mon personnage, avocate, devait soutenir une plaidoirie. Je l'avais apprise comme telle, dans son entièreté. Le réalisateur, Xavier de Choudens, désirait la découper en plusieurs plans, toutes les cinq phrases. Ça ne m'allait pas. Je lui ai proposé de tourner en plan-séquence afin de déclamer intégralement la plaidoirie, comme je l'avais retenue.

J'ai très bien défendu mon argumentation, le rôle avait sans doute déteint sur moi !

« Xavier, pour mon jeu, un plan-séquence sera plus intéressant. Tu pourras faire ce que tu veux au montage. Laisse-moi la faire deux fois à ma façon, et après tu verras. » Convaincu, il a décidé de filmer deux plans larges et deux plans serrés. Moi, je jubilais, toute à mon interprétation.

Je mets un point d'honneur à être impeccable en arrivant sur un tournage : le texte connu sur le bout des doigts, « au rasoir » comme on dit dans notre jargon, et avec l'idée la plus précise du personnage. Bien évidemment, je vais moduler mon jeu suivant les diverses indications du metteur en scène, en faisant appel aux différentes techniques assimilées en cours de théâtre et sur les plateaux.

Une fois, j'ai été très vexée car, avant une séance de répétition, un réalisateur, Jalil Lespert, avait intimé par e-mail aux comédiens de maîtriser nos scènes par cœur. Je ne l'avais pas reçu. Je me suis sentie obligée de me justifier et d'expliquer que je suis quelqu'un qui apprend ses textes à la lettre et que cet e-mail ne m'était jamais parvenu... Quelle honte ! Je ne supporte pas qu'on puisse imaginer que je ne travaille pas. Au contraire, je travaille beaucoup pour que jamais rien ne puisse m'être reproché.

Ta mère, Alma, sous ses faux airs de rebelle, c'est un bon petit soldat qui met tout en œuvre pour que sa fille soit fière d'elle.

À l'hiver 2022, mon agent m'envoie le scénario d'une comédie que réalisera Frank Bellocq. J'apprends que le premier rôle a été écrit pour moi. L'histoire me plaît. Je bous de fierté et d'excitation. Cependant, je suis en face d'un dilemme bien connu des jeunes mamans. Le tournage aura lieu au Maroc, et il n'est pas question pour moi de quitter Alma, encore bébé, pendant six longues semaines. La production du film me propose des nourrices. Je refuse, je leur préfère la présence d'une de ses grands-mères ou de sa nourrice parisienne, A. Finalement Mimi, ma belle-mère, accompagnera toute la famille : Alma, B. et moi.

La distribution des rôles se complète petit à petit. Je me rends disponible pour faire des essais avec mon partenaire principal masculin. Ce sera l'excellent Lionel Erdogan. Gérard Darmon et Michèle Laroque seront également de la partie.

Tout en apprenant mes répliques et en travaillant sur le personnage, je suis obsédée par une idée : être à la hauteur du rôle. Le comique repose essentiellement sur mon personnage. Impossible de rater cette performance. Si le film ne marche pas, on m'en attribuera facilement la responsabilité.

Être artiste, Alma, ça veut dire s'exposer beaucoup. L'artiste n'a pas le droit à l'erreur. Un artisan peut se tromper, le cordonnier réparer une semelle éventuellement mal collée. Le travail de l'artiste s'inscrit dans la durée. On ne peut pas effacer une fausse note ou une performance ratée. Alors, ma fille, si tu considères mon hypersensibilité, tu imagines aisément l'ampleur du doute qui peut m'habiter. Enfin, tu n'auras, je l'espère, pas tout hérité de ta mère !

Le tournage est éprouvant. Nous sommes merveilleusement logés et nourris, l'équipe se montre aux petits soins et le travail sur le plateau se déroule sans stress particulier, mais les journées durent souvent quinze heures.

Ma journée type commence à 5 h 30 du matin, avec le réveil d'Alma. Je lui donne son premier biberon. Mes yeux ne sont pas toujours bien ouverts, surtout quand nous avons tourné de nuit la veille. Puis je confie Alma à ma belle-mère. Parfois, elles passent me voir sur le plateau. D'autres jours, selon le plan de tournage, je ne la retrouve que la nuit. Alors, tout doucement, pour ne pas la réveiller, je dépose un bisou sur son front ou ses joues rebondies. Un réconfort avant de m'endormir moi-même. De temps à autre, j'ai la chance de finir assez tôt pour profiter de quelques heures avec elle avant son coucher.

B. assiste également à quelques scènes. Je le retrouve chaque soir pour le dîner. C'est un peu de mon équilibre quotidien qui m'a suivie à Marrakech.

Je passe beaucoup de mon temps libre avec Gérard Darmon. La question récurrente est : « Où allons-nous dîner ce soir ? » Deux belles rencontres agrémentent ce projet. Michèle Laroque, que je trouve drôle, intelligente et très travailleuse, et dont l'interprétation est juste et solide. Elle me rassure quand le doute me prend. Et Lionel Erdogan, un partenaire sur qui je peux compter à chaque instant, et dont le jeu est également très généreux.

Cet été, la canicule a envahi tout le pourtour méditerranéen. Il fait régulièrement 45 °C. Nous passons même une journée dans le désert à faire des cascades sous le soleil à 55 °C. À ce rythme-là, fatalement, je me suis épuisée. Une nuit, je m'éveille, je tente de me lever, mais je suis si faible que mes jambes ne me portent plus. Je me vide de toutes parts. La chaleur et la fatigue m'ont abîmée. Je me rends sur le plateau le lendemain matin, l'équipe appelle un médecin en urgence. Dans ma loge où je le reçois, il me fait une perfusion d'antivomitif, d'antibiotiques et de vitamines, et m'envoie au lit pour la journée. Repos forcé. Le soir, nouvelle perfusion. Le lendemain, je suis prête à reprendre le travail. Il ne restait heureusement que très peu de jours au Maroc. Le rythme des derniers jours de tournage en France a été bien plus tranquille.

Tu pourras mener ta vie comme tu l'entendras, Alma. Choisir la carrière qui te conviendra. Jouer devant une caméra si c'est cela qui te plaît. Mais tu devras rester consciencieuse. Toujours. Et ne faire que ce que tu veux faire. Ne pas jouer pour jouer, écouter ton instinct. Tu pourras te fier à ton intelligence. Réussir à dire non, apprendre à renoncer. Privilégier la qualité sur la quantité, ne pas écouter la peur de manquer un rôle ou d'argent…

Quand il y a du monde autour de toi, tu aimes faire le clown. Je vois bien que tu attends d'avoir l'attention de tout le monde pour faire ta blague comme si tu donnais un show pour un public.

Tu me ressembles, ma princesse d'amour. Alors t'emmener sur les plateaux de tournage ou en coulisses pendant mes concerts t'aura peut-être donné l'envie de me suivre dans cette voie.

Qui sait ?

Lettre à ma fille

Je te regarde dormir, jouer, danser.

Même quand tu es tout près de moi, je regarde des photos de toi.

À l'instant où j'écris ces mots, tu viens sur moi me faire un câlin en me souriant avec ton petit nez retroussé.

Je fonds d'amour et tu n'as qu'un an.

Comment faisais-je avant toi ?

Je suis si heureuse depuis que tu es entrée dans ma vie, et que c'est bon, apaisant et rassurant !

Tu m'apprends l'équilibre, la patience, le courage de continuer encore et toujours mon métier que j'aime tant, semé d'embûches et d'injustices parfois, mais si beau.

J'espère être la meilleure des mères pour toi. J'espère aussi que j'arriverai à t'inculquer les mêmes valeurs que ta mamie Martine et tes arrière-grands-parents, Yvon et Madeleine, m'ont léguées.

Le respect, la tolérance, la bienveillance, et surtout la liberté, ma fille, ta liberté.

Sois toujours LIBRE.

Je te souhaite d'être heureuse et indépendante. Je te suivrai et je te soutiendrai dans tous tes projets, peu importe ce que tu veux faire. Travaille dur pour n'avoir aucun regret.

Quand tu liras ce livre, je serai beaucoup moins jeune qu'au moment où je t'écris ces mots. J'aimerais croire que lorsque tu parcourras ces chapitres de vie, de ma vie, tu comprendras mes blessures mais aussi mes silences. Oui, puisqu'ils sont pour toi. Il faut avoir le courage de se décrire, de témoigner mais aussi de cultiver son jardin secret, son intimité.

J'espère que tu seras fière de m'avoir comme maman, fière de voir tout ce que j'ai accompli et tout ce que j'accomplis encore.

Je souhaite ne jamais te décevoir, même si cela arrivera sûrement, et pas qu'une fois.

Il t'arrivera de me détester, c'est certain, parce que je te dirai que je ne sens pas trop certaines personnes de ton entourage et que je préférerais que tu ne les fréquentes pas, ou parce qu'un jour tu rencontreras quelqu'un et que peut-être ce ne sera pas du tout le bon pour toi.

Je ne te mentirai jamais, même si cela doit te faire de la peine. Et j'espère aussi que tu ne me mentiras jamais, même si cela pourrait me faire du mal.

Je te protégerai comme je peux des méchants, des mauvais, des médisants. Hélas ET heureusement, j'aurai souvent raison, comme toutes les mamans du monde qui aiment infiniment leurs enfants, ces êtres les plus chers à leur cœur.

Notre instinct maternel est celui d'une lionne qui protège son lionceau.

Je prie pour que tu me racontes tout : quand tu n'iras pas bien et quand ça ira également. Qu'on se dise toujours la vérité, que si l'on se fâche un peu, ce ne sera qu'une heure ou deux, qu'on se verra souvent quand tu prendras ton envol, que tu penseras à tout le bien que je veux pour toi tout le temps.

Ma fille, mon amour, je t'aime plus fort que mon cœur. Cette sensation est indescriptible, impalpable, indéfinissable. Tous les jours je t'aime un peu plus, cela ne s'arrête jamais. Ne l'oublie pas.

C'est aussi pour cette raison que j'ai voulu écrire ce livre pour toi.

Car les paroles s'envolent mais les écrits restent.

Remerciements

À Maman, Papa, Maxime, B., Alma, Papy Yvon, Mamie Madeleine, Mamie Lydia, Tonton Jeannot, Tata Sonia, Mathias, Mélissa, Jérôme, Randy, Giorgia, Jade, Justine, Philippe Elkoubi, Fayçal Berrouiguet, Richard Caillat, Sandrine Clarac, Léa Marty, les Éditions Stock, Sandrine Runser, Ségolène Richard, Nicolas Chuong.

Merci aux miens que j'ai aimés, que j'ai perdus, que j'aime encore infiniment. Vous me manquez tant.

À mes fidèles, à vous mon public, vous qui me lirez, je vous aime tendrement.

À ceux qui sont là depuis toujours et qui me suivent en humour, en chanson, au cinéma, merci.

À ceux qui me découvrent encore, bienvenue !

Cet ouvrage a été composé
par Belle Page
et achevé d'imprimer en France
par CPI BRODARD & TAUPIN (72200 La Flèche)
pour le compte des Éditions Stock
21, rue du Montparnasse, 75006 Paris
en février 2024

Stock s'engage pour l'environnement en réduisant l'empreinte carbone de ses livres. Celle de cet exemplaire est de : 350 g éq. CO_2 Rendez-vous sur www.editions-stock-durable.fr

PAPIER CERTIFIÉ

Imprimé en France

Dépôt légal : mars 2024
N° d'édition : 02 - N° d'impression : 3056015
85-07-0236/1